KB138778

산처럼
생각하기

산 처럼
생각하기

Thinking Like a Mountain

로버트 베이트먼 지음

김연수 옮김

차례

제3부 희망의 신호

2000년 5월, 나는 70번째 생일을 맞이했다. 한 시절이 꺾이는 해이긴 해도 이번만은 어쩐지 느낌이 달랐다. 서른, 마흔, 쉰, 예순 등등 그런 식으로 생일을 맞이하는 동안 늘 나는 지난 나날이 즐거웠고 다가올 시절이 기대됐다. 이번에도 비록 내 느낌은 서른 살 생일 때와 다를 바가 없었지만, 눈앞으로 보이는 길이 갑자기 짧아진 듯했다. 그래서 가능하면 그 길을 걷는 동안만은 매순간을 음미하려고 노력한다. 분명한 것은 내 마음은 그간 내가 살아온 20세기와 70년의 세월을 함께 걸어왔다는 점이다.

어머니가 살아계셨다면 그 해에 1백 살이 됐을 테다. 어머니의 삶과 마음은 그 1백 년의 세월과 함께 했다. 어머니는 노바 스코샤의 스프링힐에서 성장했다. 나무와 석탄으로 집을 덥히고 석유등잔으로 불을 밝히던 세계였다. 사람들은 두 발로, 혹은 말을 타거나 보트를 이용해 여행했다. 역사에 새롭게 등장한 교통 수단이라고는 기차뿐이었다. 어머니와 나는 '금세기'에 일어난 믿을 수 없는 변화들을 목격했다. 전기도 없는 세계에서 태어난 어머니는 달에서 사람이 걸어다니는 광경을 지켜봤다. 내가 아직 아이였을 때, 컴퓨터라는 건 공상과학소설에나 등장하는 꿈 같은 일에 불과했지만, 이 책 자체가 컴퓨터의 도움으로 출판되기에 이르렀다.

지난 몇 백년 동안 인간의 삶을 급속도로 변화시킨 기술 대부분은 죽어가는 사람을 구하고 질병을 치유하고 통신수단을 발달시켰다. 하지만 이런 새로운 기술의 탄생이 점점 더 빨라지고 늘어나면서 우리는 끝없이 가속되는 성장과 기술력의 향상은 그 자체로 좋다는 생각을 하게 됐다. 우리는 '진보'라는 주인의 노예가 되는 문서에 서명한 뒤, 우리의 모든 것을 기대고 사는 이 별을 돌보는 일은 소홀히 했다.

마샬 맥루한은 누군가 '진보'라는 단어를 사용한다면 그 사람의 머리통은 19세기적이라는 걸 알아야한다고 말한 바 있다. 19세기적인 머리통이 너무나 많아서 20세기를 살아온 우리에게는 너무나 많은 문제가 생겨났다. 위대한 생물학자이자 생태학자인 E.O. 윌슨은 지난 세기는 멋진 기술력의 세기가 아니라 다양성이 파괴된 세기로 기억될 것이라고 말했다. 인류는 '진보'라는 말에 새로운 정의를 내려야만 한다. 더 우아하고 세련된 개념으로, 자연 유산이든 문화 유산이든 우리 유산의 가치를 인정하는 개념으로. 우리는 다가올 세대의 건강과 삶의 질에 대해 더 사려 깊게 생각해야할 필요가 있다.

내 고희연에는 내 자식들과 네 명의 손자 손녀들을 비롯한 친지와 친구가 찾아와 무척 즐거웠다. 여흥거리도 준비해 여기저기서 웃음이 터져났다. 아내 버짓과 나와 형제들인 잭과 로스는 우리가 살아온 삶을 돌아보기도 했고 우리가 함께 살았던 세상에 대해 이런저런 얘기를 나누기도 했다. 우리 손자들도 잔치가 좋았던 모양인데, 그래야 제일 큰 녀석이 네 살이니 그 아이들의 기억 속에서 내 고희연은 곧 희미해질 것이다.

그리고 손자들이 살아가는 동안 새로운 기억이 생겨났다가 사라질 것이다. 그러는 동안, 아이들은 자신을 둘러싼 땅과 하늘과 강물이 얼마나 경이로운 것인지 배우게 될 것이다. 아이들은 재생이 얼마나 놀라운 경험인지 보게 될 것이다. 자연의 정상적인 주기에 따라 끊임없이 스스로 다시 태어나는 이 세계와 그 안의 생명들이 있음을 알게 될 것이다. 하지만 아무리 해도 추억으로 남길 수 없는 것들도 무수히 많다. 왜냐하면 그 아이들 이전의 마지막 두 세대를 거치는 동안, 너무나 많은 것들이 파괴됐으니까. 내 손자들이 고희연을 열 때쯤이면 이 세계는 또 어떻게 바뀔까? 이런 질문을 떠올리면 그다지 행복하지 않다.

그래서 나는 이 책을 썼다. 나는 1960년대부터 지구를 혹사시키는 일들에 대해 걱정이 많은 사람들과 함께 행동했다. 나는 환경 독성물 및 화학물을 연구하는 모임에서 캐나다공인회계사 정기총회에 이르기까지 다양한 종류의 사람들 앞에서 이 세상에서 점점 사라져가는 것들을 주제로 강연했다. 혼자서 생각할 때나 그런 강연 자리에서나 나는 양파 껍질을 벗기듯 우리가 물려받은 문화 유산과 자연 유산을 파괴하는 데 기여한 사상과 관습과 오류를 하나하나 파헤쳐 과연 우리 지구를 황폐화시킨 근본적 원인이 뭔지 알아내려고 노력했다.

이 책에는 그런 강연 자리에서 들려준 이야기, 개인적 체험, 자연의 모습을 관찰하고 그에 관해 얘기하면서 알게 된 것들이 수록돼 있다. 이 책에서 나는 무엇이 파괴됐는지 써놓는 동시에 도움이 될 만한 새로운 생각의 흐름도 탐색했고 또 저명하든 아니든 지구를 새롭게 만들기 위해 지금 행동하는 좋은 사람들을 소개했다. 많은 사상가들의 작업과 책에게 영향 받긴 했어도 이 책은 학문적 성과물이 아니다. 이 책은 기억으로, 또 새로운 발견으로 떠나는 여행이다. 이 책이 사상의 자양분이자 희망의 근거가 되기를 바란다. 오직 사려 깊은 반성과 희망에 찬 행동과 함께 할 때, 우리는 우리 아이들의 아이들에게 지킬 만한 값어치가 있는 세상을 물려줄 수 있으니까.

브리티시 컬럼비아, 솔트 스프링 아일랜드에서
로버트 베이트먼

자기 목축지에서 여우를 쫓아내는 목동은
어디까지를 자신의 영역으로 삼을지
공들여 결정한 여우의 권리를 빼앗는 셈인데도
그 사실을 알지 못한다.
이 목동은 산처럼 생각하는 법을 배우지 못했다.
마른 골짜기가 있어 강물은 미래를 적시며
바다로 흘러갈 수 있는 법이다.

알도 레오폴드

제1부

이웃들과 친해지기

자연이여! 우리를 감싸고 꼭 껴안는 것들이여.
자연에서 떨어지려 해도 아무 소용없고 자연에서
벗어나 나아가려 해도 아무 소용없네. 묻지도 않고, 일러주지도 않고
자연은 우리를 낚아채 빙글빙글 춤을 춘다네. 지칠 때까지
함께 빙빙 돌다가는 이내 팔을 놓아버리고 우리는 쓰러진다네.

괴테

이 땅을 생각하면 던지지 못할 질문이 없습니다.
우리 후손들에게 더 나은 땅을 물려줘야만 한다는 것.
그게 내가 떠맡을 가장 중요한 일이라는 것.
그보다 더 중요한 일은 없습니다.

시어도어 루스벨트

오월 어느 날

지난 몇 년간 수없이 얘기했지만 내 어린 시절의 기억 중에서 여태 잊히지 않는 경험을 한 것은 열한 살인가 열두 살되던 해, 오월의 어느 날이었다. 토요일이었다고 기억하는데, 그 날 아침에 나는 우리 집 뒤뜰로 연결된 가파른 길을 따라 모험에 나섰다. 좁은 골짜기 사이의 그 길을 따라가면 옛날부터 개울이 흐르던 계곡으로 이어지는데, 이 계곡 덕분에 도회지인 토론토에서도 전원 풍경을 만날 수 있었다. 나는 숲이라는 걸 그 골짜기에서 처음 봤다. 걸음마를 시작할 때부터 나는 그 숲을 속속들이 걸어다녔고 나만의 공간으로 만들었다. 자연에 대한 관심이 커지면서 나는 숲에 사는 생물들에 대해 배우기 시작했다. 숲에 둥지를 차린 새들이며 너구리의 일종인 래쿤이며 다람쥐 같은 것들. 내 어린 눈동자에 비친 골짜기 풍경은 믿을 수 없을 만큼 풍요롭고도 다채로웠다.

계곡은 습했으므로 거기서 자라는 큰 버드나무는 야생 신포도나 담쟁이 넝쿨처럼 줄기를 치렁치렁 드리웠다. 봄이 오면 개울물이 불어나 계곡에 물 웅덩이를 만들기 일쑤였다. 그런 물 웅덩이에서 올챙이는 자라 개구리가 됐고 비단 거북들은 헤엄을 쳤다. 높은 나무의 이파리들이 자라기 전이라 햇살이 스며드는 오월 초, 숲의 바닥은 야생화로 융단을 깔아놓은 것처럼 환했다. 큰꽃삿갓풀, 노루귀, 얼레지 같은 꽃들.

그때는 몰랐지만, 나만의 그 숲은 한때 단풍나무, 너도밤나무, 서양 물푸레나무, 아메리카 솔송나무 등이 빼곡하게 들어선 곳이었다. 하지만 유럽인들이 남부 온타리오에 들어오면서 그 자취만 남은 곳이었다. 1940년대까지만 해도 동식물들은 진보라는, 별로 달갑지 않은 손님과 사이좋게 지내고 있었다. 하루에 두 번씩, 이제는 사라진 토론토 벨트라인 철도회사의 증기기관차가 노스 토론토의 주민들을 위해 석탄과 얼음을 운송했다. 이렇게 매일 정기적으로 인간의 침입을

받았지만, 해마다 봄이 되면 찾아오는 새들의 발길을 돌릴
수는 없었다.

내 기억에 따르면, 그 날은 아침부터 때 이르게 따뜻한 날
이 될 것 같다는 느낌이 드는 맑은 날이었다. 나는 어니스트
톰슨 시튼이 쓴 이야기 '두 꼬마 야만인'(어렸을 때, 나는 시
튼의 책을 얼마나 열심히 읽었는지 모른다.)에 나오는 주인
공만큼이나 조용히, 내가 제일 좋아하는 장소인 야생 자두
꽃 그늘 아래로 기어 들어갔다. 그 꽃 그늘 아래에 있노라니
봄을 알리는 첫 푸른 잎들이 서로 부딪히는 아름다운 풍경이
나뭇가지 아래로 보였다. 거기서 나는 가만히 축축한 흙 냄
새와 지난 가을의 나뭇잎들이 썩는 냄새 사이로 풍기는 자두
꽃 냄새를 한껏 들이키면서 지저귀는 새 소리에 귀를 기울였
다. 너무나 익숙한 그곳에서 나는 더없이 평안했다. 서둘 일
이 없었으므로 시간은 느릿느릿 흘러갔다. 태양이 하늘로 솟
구치면 날씨는 따뜻해졌다. 그러다가, 느닷없이, 누군가 신
호라도 내린 듯, 철새들이 날아들었다.

그 잊을 수 없는 아침의 한 시간 남짓 동안, 나는 수많은
철새들을 보았다. 상모솔새, 배노란 딱따구리, 목붉은 벌새
같은 새들. 모든 나무의 모든 가지들이 새들 때문에 고개를

숙이는 것 같았다. 완전한 행복이 무엇이냐고 누군가 내게 묻는다면, 나는 그 날 아침에 경험한 일들이라고 대답할 것이다.

우리 부모님이 지었던 노스 토론토의 집은 아직도 건재하며 그 뒤의 골짜기 길을 따라 걸어가면 여전히 매년 찾아오는 철새들을 만날 수 있다. 물론 그 숫자나 종류는 훨씬 줄어들었지만. 이젠 초록색 개울은 빗물 하수관에 갇혀 버렸고 올챙이가 사라졌기 때문에 봄에 올챙이를 잡으러 가는 아이들도 보이지 않는다.

하지만 좋은 변화도 있었다. 석탄 연기를 뿜어내 맑은 봄바람을 더럽히던 기차가 없어졌다. 레일과 침목은 오래 전에

철거됐고 그곳은 본래 상태로 돌아갔다. 숲만 보자면 나무들이 무성하고 풀들이 우거져 여전히 길을 잃기 십상이다.

철길이 철거된 뒤, 몇몇 주민들이 골짜기 양쪽의 부지에 그어진 토지구획선을 몇 피트 더 연장해달라고 요구했다. 하지만 다행히도 한 시민단체의 주장대로 골짜기는 사유지가 아닌 모든 사람과 야생 생물에게 개방된 땅으로 남게 됐다. 그들은 분명히 다음 세대를 생각하는 시민들이었을 것이다.

젊은 새 관찰자의 초상

십대가 되기도 전에 나는 야생동물과 예술이 내 삶을 지배하는 열정이 되리라는 걸 확신했다. 어린 시절부터 친한 친구인 앨런 고든과 돈 스미스도 나처럼 자연을 사랑하는 사람들이었는데, 둘은 결국 생물학자가 됐다. 아이였을 때, 우리가 함께 한 나들이는 늘 자연 속에서 새로운 것을 발견하는 여행이었다.

우리가 어렸던 1940년대 초반만 해도 노스 토론토의 우리 동네에서 조금만 벗어나면 사람의 손길이 닿지 않은 시골 풍경을 접할 수 있었다. 지금은 도심의 주요 간선도로인 뱃허스트 스트리트 근처에서 서쪽으로 400미터 정도만 걸어가면 탁 트인 벌판과 늪지대와 조림지가 나왔다. 거기서 우리는 들종다리와 쌀먹이새와 올빼미를 처음 봤다. 자전거를 타고 조금만 달려가면 호수 가장자리의 절벽에서 숲 속의 빈터에 이르기까지 믿기지 않을 정도로 다양한 생물 서식지를 탐험할 수 있었다. 우리는 나무에 올라가 둥지 속을 자세히 들여다봤다. 우리는 들쥐들이 드나드는 모습을 보기 위해 끈기 있게 굴 앞에 누워 있었다. 우리는 새로운 새나 신기한 새를 발견하지 않을까 해서 소리가 나는 곳을 찾아 나섰다. 요즘 아이들은 다르겠지만, 우리는 그런 일이 지루하지 않았다.

우리는 새를 관찰하는 일을 가장 좋아했는데, 이는 자연을 사랑하는 일과 뭔가를 모으려는 인간의 보편적인 특성이 결합된 일이었다. 지금도 심심할 때는 새를 관찰하는데, 이는 눈에 보이는 것을 모으는 일과는 다르다. 필요한 것은 목록뿐이다. 앨런과 돈과 나는 처음 만나던 바로 그 순간부터 경쟁하듯이 새 소리를 듣고 다녔다. 십대의 어느 2년 간 나는 100종 이상의 새 종류를 기록해 냈는데, 그 중에는 아침에 신문을 돌리는 내 머리 위로 날아가는 분홍 펠리컨도 있었다. 나는 그 새를 한 눈에 알아봤다. 나는 집 바로 근처에서 그 새들을 모두 발견했다.

우리 어머니가 앨런과 나를 로열 온타리오 박물관에서 개

설한 어린이 야생관

찰자 클럽에 가입시킨

뒤로 우리들의 열정은 과

학적 사실에 열을 올리는 식

으로 바뀌었다. 우리는 열두

살짜리 동갑이었지만 이미 나름

대로 야생 관찰자로서는 베테랑이 다 되어

어떤 것이 우리를 흥미를 끈다고 생각하면 그 발견

에 관해 상세하게 기록했다. 그러다보니 자연을 좀더

능률적으로 지켜볼 수 있었고 개별적인 사실들을 전체적인

맥락과 결부시키는 방법에 대해서도 깨닫게 됐다. 하지만 그

렇다고 해서 우리의 열정이라든가 자연을 경이롭게 바라보

는 능력을 잃지는 않았다.

　내 삶과 예술을 살찌운 것은 자연의 정교함에 감탄하는 이

런 능력이었다. 내 아이들에게 물려주고 싶은 즐거움도 바로

이것이라 내 아이들도 평생에 걸쳐 관찰자가 되기를, 그리하

여 자신들이 물려받은 자연의 유산을 맘껏 즐길 수 있기를

바란다.

우리 친척들

 우리 외가 식구들은 13식민지(역주: 미합중국이 독립하기 전, 아메리카에 있던 영국 식민지 13곳)에 살다가 캐나다의 노바 스코샤로 넘어온 사람들이다. 외가는 미국 혁명 때문에 북쪽으로 이주한 연합제국 왕당파(역주: 미국 독립 당시 캐나다로 넘어간 영국 지지파들)였다. 외할아버지인 클레멘트 드브리어스 맥렐런은 노바 스코샤의 목재가 세계에서 가장 멋진 배로 만들어지던 시절이던 19세기 중반, 그러니까 노바 스코샤 조선 사업의 짧았던 황금기에 조선소의 목수 자리를 얻었다. 우리 할아버지와 증조할아버지는 그 지방의 북쪽 반도에 있는 패러스보로 해안을 따라 펼쳐진 스펜서 섬에서 쾌속 범선, 스쿠너선(두 개 이상의 마스트를 가진 세로돛의, 범선), 바크선(세대박이 돛배), 브리건틴선(쌍돛대 범선) 등을 만들면서 직업적 경력을 쌓았다. 그곳은 세계에서 가장 큰 조선소 중 하나였다.

그러다가 증기선 시대가 찾아왔다. 돛단배는 곧 퇴물이 되어버렸고 증조할아버지는 목수 기술을 계속 살릴 방법을 찾았다. 그래서 증조할아버지는 새로운 산업 혁명 시대의 일부분으로 등장한 탄광이 있던 스프링힐 근처의 제재소에서 나무를 다루는 일을 시작했다. 하지만 외가 쪽 친척들은 바다를 완전히 버리지 못했다. 몇몇은 어부가 됐다.

어부가 된 외가 쪽 친척 중 내가 잘 아는 분은 한 분뿐인데, 어머니의 사촌인 에버니저 디키 아저씨로 노바 스코샤의 어부로서는 거의 마지막 세대에 해당하는 분이다. 내가 열여섯 살이 되던 1946년, 여름 동안 바닷가에 사는 친척들을 방문했을 때, 나는 그 분이 하는 일을 맛이나마 볼 수 있었다.

어느 날 새벽, 나는 에버니저 아저씨를 따라 청어 낚시에 나섰다. 에버니저 아저씨는 소년시절부터 부친에게서 낚시 기술을 배웠다. 에버니저 아저씨에게는 모터가 설치된 작은 배가 있었는데, 그 모터가 고장날 때를 대비해 무거운 노 한 쌍도 싣고 다녔다. 혼자 낚시하는 일이 많았던 에버니저 아저씨는 내가 따라 나서겠다니 꽤 좋아했다.

햇볕이 작열하던 그 날, 내 기억 속에 또렷하게 각인된 것
은 아저씨의 손이었다. 그물의 가는 줄들이 미끄러지는 바람
에 온통 굳은살이 박히고 갈라진 어부의 손. 하지만 미끈거
리는 청어로 바글대는 그물을 잡아당길 때가 되자, 아저씨는
상처 따위는 잊어버린 듯 보였다. 아저씨의 삶은 힘들었고
노동 조건은 가혹했지만 아저씨는 자신만의 삶을 짊어지고
있었고 아저씨의 노동은 의미 있었다.

미국의 위대한 미생물학자인 르네 듀보는 미래의 인류에
게 닥칠 가장 중요한 문제가 무엇이라고 생각하느냐는 질문
을 받고는 "의미 있는 노동의 상실"이라고 대답했다. 1973년
영국의 생태학자이자 경제학자인 E. F. 슈마허는 기념비적
인 저서 〈작은 것이 아름답다〉에서 다음과 같은 비슷한 얘기
를 했다. "가족을 제외하자면 일과, 일을 통해 정립되는 관계
망이 사회의 진정한 토대를 이룬다. 이 토대가 건전하지 않
은데 어떻게 사회가 건전하겠는가?"

에버니저 아저씨처럼 우리 아버지도 일의 의미를 알고 있
었다. 아버지는 동부 온타리오의 농장 마을에서 태어났다.

아버지에게는 19세기 이민 물결을 따라 아일랜드에서 건너온 조상들이 개간하고 일군 100에이커의 농지가 있었다. 원래의 베이트먼 집안의 땅은 이제 우리 소유가 아니지만, 그래도 여전히 경작되고 있다. 그리고 우리 사촌 집안은 인접한 농지를 소유하고 경작한다.

마직막으로 방문했을 때, 나는 다시 한 번 자연석으로 쌓아올린 마구간 벽이며 지금은 비바람에 씻겨 은색으로 바래긴 했지만 그 크기만은 어마어마한 스트로브잣나무 판자로 지은 헛간을 한 참 바라봤다. 헛간의 들보들을 바라보며 나는 또 감탄할 수밖에 없었다. 그 들보들에는 아직도 도끼 자국이 남아 있는데, 이를 보면 그 어마어마한 스트로부잣나무를 직각으로 잘라내기 위해 목수가 얼마나 날렵하고 정확하게 도끼질을 했는지, 어떻게 그 억센 나무둥치를 구조적으로 아름답기 짝이 없는 들보로 바꿔놓았는지 알 수 있다.

아버지는 다양한 농장 일을 하면서 성장했다. 기후와 계절의 명령을 거스르지 않으며 씨를 뿌리고 곡식을 재배하고 소의 젖을 짰다. 등골이 빠질 정도로 힘든 그 일들은 때로는 마음을 상하게 만들기도 했지만, 할 때마다 새로웠기 때문에 아버지는 자연의 품을 떠나지 않았다. 다 자란 뒤에 아버지는 전기 기사가 됐지만, 땅을, 그리고 전기와 화학 비료가 없던 세계를 잊어버리지 않았다. 그 세대의 다른 분들과 마찬가지로 아버지는 인류에게 찾아온 이런 문명의 이기를 반겼지만 적당할 정도로만 신뢰할 뿐이었다. 지금까지 살아 계셨다면 아버지는 생활의 편리를 가져오는 이런 기계에 노예가 되어서는 안 된다는 데 동의했을 것이다.

핸드폰, 컴퓨터, 인터넷 덕분에 21세기 북미인들은 다른 어느 시대의 인간들보다 일을 더 빨리 할 수 있게 됐다. 하지만 우리가 이뤄낸 그런 노력의 결과로 인해 자연의 아름다움과 역동성을, 우리 자신이 이끄는 역사를 망각하는 일이 많다. 단순한 향수로서가 아니라 우리가 잃어버린 좋은 것들을 되찾는다는 뜻에서 과거를 찬찬히 돌이켜볼 수 있다면 우리의 노동과 삶이 더욱 더 의미 있는 것이 될 것이다.

늑대의 부름

나는 언제나 북방에 이끌렸다. 소년 시절, 나는 잭 런던이 쓴 〈야생의 부름〉과 찰즈 G. D. 로버츠 경이 쓴 〈은밀한 발자국〉을 읽은 적이 있다. 나는 머릿속으로 캐나다 한대 지역의 광활한 풍경을 떠올리며 꼭 한 번은 그 험난한 보물의 땅을 탐험해봐야겠다고 결심하게 됐다. 우리 집에서 할리버튼에 별장을 하나 구입했을 때에야 비로소 나는 남부와 북부의 경계선까지 가보게 됐다. 거기는 초기 개척 농장들이 바위투성이 호수, 잣나무와 가문비나무 숲이랑 어깨를 나란히 하고 서로 맞닿아 있는 곳이었다. 하지만 내가 북부의 맛이라도 보게 된 것은 열일곱 살이 되던 해 여름, 그러니까 알곤퀸 공원에서 개최된 야생 생물 조사 캠프에서 아르바이트를 할 때였다.

　그때 받은 돈과 내가 맡은 일을 설명하면 놀라는 사람들이 꽤 있을 것이다. 나는 패인 길도 메우고 쓰레기 구덩이도 파고 캠프의 요리사가 '설거지'한 그릇들도 닦았다. (그 요리사가 하는 설거지라는 것이 그저 먹고 난 그릇과 수저에 끓는 물을 붓는 게 다였기 때문에 나는 행주로 포크에 들러붙은 계란 찌꺼기 따위를 닦아내야만 했다.) 그 당시만 해도 나는 신념이 투철한 젊은 자연주의자였기 때문에 몇 가지 "폼나는" 임무도 받았다. 나는 새 숫자 헤아리는 일도 했으며 들쥐의 껍질을 벗겨 박제를 만들 생각으로 포유류 덫줄을 설치했다. 또한 길에서 죽은 동물들의 사체를 검시하는 일을 도왔다.

　자연에는 낭만적인 면이 있지만, 그 해 여름에 나는 참으로 추한 면도 많이 목격했다. 자동차도로에서 죽음을 맞이한 동물들을 조사해나가다 보니 풀만 뜯어먹는 그 우아한 사슴들의 내장에 기생충이 우글거려 살아생전에도 꽤나 고생했다는 사실을 알 수 있었다. 하지만 먹는 음식이 그보다는 덜 순수한 곰들의 경우에는 놀랄 정도로 기생충의 시달림에서 자유로웠다. 동시에 우리는 쓰레기통을 뒤져서 먹고 사는 곰

돌이의 내장에서 접시닭이 천과 담뱃갑 같은 이물질도 발견할 수 있었다.

처음 알곤퀸에서 여름을 보내는 동안, 나는 앞으로 내가 살아갈 삶의 모습과 내가 가깝게 지내고 싶은 사람들에 대한 견해를 확고하게 했다. 노스 토론토 중산층 가정 출신의 젊은이로서 나는 생물학 분야의 사람들만큼 매력적인 인종들을 만나본 적이 없었는데, 알곤퀸에서 보낸 그 해 여름 나는 그 사람들이 어떤 일을 하는지 광범위하게 배울 기회를 갖게 됐다. 그 사람들은 수풀 속을 실험실만큼이나 편안하게 생각했으며 교양도 넘쳤고 세속적인 일에도 완전히 통달해 있었다. 그 사람들은 부츠에 방수유를 바르는 방법과 도끼의 날을 세우는 방법을 알고 있었다. 하지만 저녁 식사 뒤에 함께 모인 자리에서는 각자 낮에 발견한 것들에서 시작해 제임스 서버*나 임마누엘 칸트나 코난 도일의 소설 〈백색 기사단〉* 등에 관한 토론 등으로 그 주제를 자유롭게 바꿔갔다. 중세 영국을 배경으로 한 소설 〈백색 기사단〉의 내용을 바탕으로 우리는 게임을 하기도 했다. 음악적 취향도 베토벤에서 길버트와 설리번*, 전통 민요에 이르기까지 다양했다.

다 재미있는 일이었지만, 그 중에서도 내가 손꼽아 기다린 것은 나만의 시간이었다. 저녁 식사를 끝마친 뒤에는 늘 캠프에 있는 카누 한 척을 타고 그림을 그릴 수 있는 은밀한 장소를 찾아 노를 저었다. 그 무렵, 나는 톰 톰슨과 7인회*의 그림에 푹 빠져 있었기 때문에 톰처럼 배의 뒤쪽 가운데 부분에 무릎을 꿇고 앉아 한쪽 방향으로 기울여 노를 젓는 일에 대단한 자부심을 느끼고 있었다. 이를 두고 오지브웨이* 식 노젓기라고 일컫는다. 이런 자세로 노를 젓게 되면 카누의 바닥과 옆면이 이루는 각 덕분에 마음대로 방향을 잡기도 쉽고 지나간 자취도 더 오래 남는다. 또한 뱃전이 가까워지기 때문에 노를 젓기 위해 팔을 길게 뻗을 필요도 없다. 그래서 노를 부딪힐 일도 많지 않다. 노의 아래쪽을 잡은 손을 축으로, 위쪽을 잡은 손을 배 바깥쪽으로 밀어서 노를 담그고,

---

▪ **제임스 서버** 현대인의 좌절을 주제로 즐겨 다룬 미국의 풍자화가이자 작가. 20세기 초반에 많은 활동을 해 커트 보네거트, 조셉 헬러 등의 작가들에게 영향을 끼쳤다.

▪ **백색 기사단** 코난 도일은 명탐즈 셜록 홈즈 시리즈로 유명하지만, 이 기사모험담 역시 그에 못지 않은 인기를 누렸다. 1891년 출간된 이 소설은 1366년 프랑스로 건너간 알레인 에드릭슨이 백색 기사단에 가입해 겪는 모험담을 담았다.

▪ **길버트와 설리번** 19세기 말에 활동했던 희가극 작사가와 작곡가. 1871년부터 25년 동안 함께 활동하며 〈대공작〉 등을 비롯해 모두 14편의 희가극을 만들었다.

▪ **톰 톰슨과 7인회** 1920년에 결성된 캐나다 화가 모임으로 알곤퀸 등을 비롯한 캐나다의 풍광을 화폭에 담은 것으로 유명하다. 카누를 즐겨 탔던 톰 톰슨은 1917년에 죽었지만, 통상 7인회의 구성원으로 일컫는 일이 많다.

▪ **오지브웨이** 북아메리카 인디언 종족 중 하나.

다시 무릎 위로 당김으로써 노를 들어올리면 쉽게 노를 저을 수 있었다. 노는 새의 날개처럼 물 위를 스치듯 지나 제자리로 돌아오기 때문에 들리는 소리라고는 노에서 물방울이 떨어지는 소리뿐이다. 진짜 조용한 것을 원한다면 노를 물 속 깊숙이 담가 저으면 된다. 야생동물들을 관찰할 때, 나는 늘 이 방법을 사용했다.

이런저런 자질구레한 일들이 끝난 어느 저녁, 나는 사사제윤 호수로 카누를 타고 나갔다. 북쪽 방향으로 좁은 여울을 지나가면 기슭 쪽으로 움푹 들어간 지점에 무성한 수련에 둘러싸인 작은 섬이 있었다. 원래 빙식 표석이었던 이 섬은 얼음이 사라지고 난 뒤, 여러 세대를 거치는 동안 바위섬으로 바뀌었다. 마지막으로 그 섬에 다녀갔을 때는 화가 난 듯 콧방귀를 연신 내뿜는 다섯 마리의 수달 때문에 즐거웠는데, 그날 밤은 나 혼자뿐이었다. 이전에 비해 막 캔버스에 바른 끈적끈적한 유화 물감에 멋모르고 빠져드는 모기와 검은 파리도 상대적으로 적었다. (반세기가 지난 지금까지도 그 당시에 그린 작품을 보면 물감에 굳어버린 벌레들이 남아 있다!)

내가 그림을 다 그리기도 전에 어스름이 내려앉았다. 그 시절에 나는 순간의 느낌을 망치고 싶지 않았기 때문에 야외에서만 그림을 그렸고 나중에 그림을 가다듬거나 하는 일은 없었다. 그날 저녁 내가 발견한 풍경은 '자연림 구역'이라 일반인들의 출입은 금지된 호수 북쪽이었다. 지빠귀 한 마리가 노래를 부르고 있었다. 그 노래 소리가 가청 영역을 넘어 드높이 울려 퍼졌다. 높고 가냘픈, 하지만 천상의 파이프 오르간으로 연주하는 음악처럼.

보통 때 나는 아주 캄캄해 질때까지만, 그러니까 그릴 수 있을 때까지만 그림을 그렸으나 그때는 몇 가지 이유 때문에 해가 저문 뒤에도 오랫동안 어둠 속에서 미적거리며 기다렸다. 그 뭔가를. 달이 떠오르기 시작하면서 미국흑솔송나무의 뾰족한 잎 가장자리를 눈부신 은빛으로 물들이는가 싶더니 이내 환한 빛을 머금은 달이 나무들의 우듬지 위로 높이 솟구쳤다.

바로 그때 나는 그 소리를 들었다.

처음에는 나지막하게 끙끙대는가 싶더니 목젖을 떨어대며 콘트랄토의 음역까지 음계를 높이면서 늑대의 울음소리가 어둠 속으로 울려 퍼졌다. 시간은 그대로 멈췄다. 달과 함께, 그리고 영혼을 울리는 울음소리와 함께 나는 홀로 어둠의 물결 속에서 떠다녔다. 그때 나는 늑대를 처음 알게 됐다. 그 생각만 하면 지금도 목 뒤의 머리칼이 쭈뼛거리고 선다.

그 다음 3년 동안, 나는 매해 여름 알곤퀸을 찾았고 대학생 이었던 마지막 해에는 공원의 어자원연구소에서 일했다. 하지만 마지막으로 찾아간 그 해 여름, 나는 내가 알던 알곤퀸 공원이 벌목으로 파괴되고 있다는 사실을 알게 됐다. 공원임에도 상업적 목적의 벌채가 이뤄져 북미산 솔송나무로 뒤덮인 등성이를 고갈시키고 있었는데, 이 때문에 그 지역의 경관뿐만 아니라 중요한 유전자 풀까지 파괴됐다. 과학자들은 이제 막 특정한 종(種) 안에서의 유전적 특성, 예컨대 나무들은 어떻게 자신들의 터전에 적응하고 복잡한 개체성을 발현시켜 왔는지 등에 관해 이해하기 시작했다. 하지만 솔송나무의 식생(植生) 지역이 일단 잘려져 나가면 그 작은 유전자 풀도 영영 사라지고 만다. 알곤퀸 지역의 솔송나무는 상업적 값어치가 거의 없는데도, 벌목 산업계는 팔면 좋고, 안 팔려도 그만인 값싼 원목으로만 보고 있다.

알곤퀸에서 살아가는 늑대들의 이야기 역시 비극적이다. 보호구역에서 살아가는데도 인력이 충분하지 않은 까닭에

밀렵이 흔하다. 최근의 유전학 연구에 따르면 알곤퀸 공원의 늑대들이 멸종 위기에 처한 붉은 늑대와 매우 가깝다는 사실이 밝혀져 더욱 안타깝게 한다. 붉은 늑대가 토종 북아메리카 늑대라고 믿는 과학자들도 있다. 그렇다면 알곤퀸에서 살아가는 동물들은 세상에 단 하나뿐인 종들일지도 모른다.

늑대의 부름은 우리가 이 오래된 동물과 그 서식처를 지켜나가는 동안만 지속될 것이다. 한 번 멸종되면 끝이다.

세계를 떠돌아다니며

아침도 중반에 이를 즈음, 바음부터 족들이 하나둘 도착하기 시작했다. 우리도 그물사냥에 참가하게 해준다는 조건으로 우리는 그들을 태워주기로 했다. 그 몇 달 전 결국 세계 일주가 되어버린 모험에 나서기 위해 토론토를 출발한 이후 우리의 집 아닌 집이 되어버린 랜드로버로. 로열 온타리오 박물관의 어린이 야생관찰자 클럽에서 처음 사귄 브리스톨 포스터와 에릭 손과 내가 타고 다니기에 친구들인 랜드로버의 공간은 충분했다. 하지만 그 시절, 아직까지는 벨기에령 콩고라고 부르던 1957년 적도 부근 열대 다우림 지역에서 우리는 자동차의 탑승 한계를 막 시험해야할 처지였다.

그물을 지참한 피그미 사냥꾼들이 하나둘 도착했고 우리

는 차가 터져나갈 정도로 빼곡하게 그들을 랜드로버 안에다 태웠다. 다 태웠는가 싶었더니 이번에는 여자들이 나타나기 시작했는데, 개중에는 아이를 들춰 멘 사람도 있었다. (여자들이 무슨 사냥을 하겠는가 싶어 우리는 좀 당황스러웠는데, 어쨌거나 여자들이 없으면 안 된다는 것이었다.) 과연 자동차의 스프링이 그 무게를 버틸까 걱정이 된 브리스톨이 자동차 아래를 살펴보더니 스프링이 납작해져 차축에 닿아 있는 상태라고 알려줬다.

사냥꾼들중 리더인 바이치에게서 이제 출발해도 좋다는 신호를 받은 우리 셋은 힘을 합쳐 뒷문을 닫으려고 안간힘을 썼다. 그 상황에서 두 명의 사냥꾼이 더 찾아오더니 이미 차에 올라탄 사람들의 머리 위로 올라갔다. 도대체 몇 명이나 차에 탔는지 헤아려봤는데, 도무지 그 숫자를 믿을 수가 없었다. 모두 22명이었다. 그것도 아이는 제외하고. 바이치를 비롯한 네 명의 사냥꾼은 앞쪽 보닛 위로 기어올라가 스페어 타이어 위에 앉았는데, 그 자리는 운전하는 브리스톨의 시야를 정확하게 가리는 자리였다.

자동차가 울퉁불퉁하고 굴곡진 길을 따라 속력을 올리자, 사람들은 노래를 부르기 시작했다. 캠프 푸트남 근처에 구한 우리 숙소의 주인은 노래를 들을 수 있을 테니 기대하라고 말했다.(야영지에서 우리는 옥스퍼드 대학의 인류학자로 훗날 바 음부티 부족에 대해서는 최고의 전문가가 된 콜린 턴불과 그 다음 한 해 동안 바 음부티 부족의 독특한 음악을 공부하겠다는 계획을 세우고 찾아온 오하이오 대학의 음악학자 뉴턴 빌을 만날 수 있었다.) 잘 들어보니 그들의 노래가 꽤나 복잡하다는 사실을 깨달을 수 있었다. 그런 느낌을 나는 일기장에다가 이렇게 남겨놓았다.

"1957년 10월 29일. 그들의 노래 가락은 반투족들의 가락과는 완전히 달랐는데, 그런 점을 따지자면, 이 세상 그 어떤 가락과도 같을 수 없을 것이다. 이 피그미들은 선천적으로 서로 화음을 맞출 줄 알고 즉흥적으로 코드를 만들 줄 아는 사람들이다……. 노래는 종종 돌림노래의 형태를 띤다. 때로는 무리 중에 흩어진 사람들이 일련의 음률을 부르면서 노래 가락이 여기저기서 메아리치게 된다. 다들 저마다 자기가 아는 가락이 조금씩 있어 박자에 맞춰 적당하게 그 음률을 노래한다……. 여기에는 요들처럼 목젖을 떠는 소리가 덧붙여지는 경우도 있다. 그래서 전체적으로는 차임벨이나 철금(鐵琴)의 효과를 낸다. 가사는 숲이나 숲 속에 사는 동물을 소재로 삼거나 서사적인 것도 있지만, 대부분의 노래는 신에게 감사하는 즐거운 노래들이다."

　바 음부티 족을 비롯한 사냥과 채집으로 살아가는 사람들의 사회는 정말 이상적이다. 그들의 음악에는 자연과 인간에 대한 긍정적인 태도가 배어 있다. 그들의 삶은 녹록치 않지만, 즐기고 누릴 만한 시간만은 충분하다. 어떤 곳에다 움막을 짓고 살아야겠다고 결심하면 그들은 반나절도 지나지 않아 자신들의 주거지를 만들었다. 거기에서 살다가 동물을 사냥하고 꿀과 나무 열매들을 따서 먹는 일이 어려워지면 다시 다른 곳으로 이주했다. 그리하여 그들의 움집이 숲의 노폐물도 자연스럽게 썩게 되면 자연은 저절로 재생된다.
　숲 속 깊은 곳에 있는 사냥터에 도착하자마자 여자들과 아이들은 모습을 감췄다. 그들에 비하면 거인에 가까운 우리 세 명의 캐나다인들은 각자 자신을 인도하는 사냥꾼들이 길 아닌 길로 뛰어가는 동안 쫓아가려고 애를 먹었는데 몸집도 몸집이려니와 모든 게 서툴러 우리를 초대한 그 사람들과 호흡을 맞추기가 쉽지 않았다. 마침내 사냥꾼들은 그물(3피트 정도의 높이에 길이는 100피트에 달하는 그물로 원재료는 인근에서 자라는 식물의 줄기이며 그물눈의 크기는 2인치 정도였다.)을 꺼내 큰 반원 모양이 되도록 서로 연결시켰다. 우리는 입을 다물고 몸을 수그렸다. 그 때 우리 앞쪽에서 시끄럽게 외치는 소리가 들려오기 시작했다. 여인들과 아이들은 고함을 지르며 다가오면서 저마다 사냥꾼들에게 상황을 보고하는 한편 집단적으로 움직이며 사냥감을 그물 쪽으로 몰았다.

그날 아침의 사냥 성과는 초라했다. 다이커(작은 영양의 일종) 한 마리와 작은 영양 한 마리만을 잡은 바 음부터 족은 복잡한 절차와 관습에 따라 조심스레 그 고기들을 도살했다. 꽤 높은 지위로 보이는 남자와 미혼으로 보이는 두 명의 여자는 큼직한 생식기 부분을 건네받고는 기쁨에 들떠 껑충껑충 뛰었다.

에릭 손은 아프리카 여행이 끝나자 우리와 헤어졌지만, 브리스톨과 나는 여행을 계속해 인도, 태국, 말레이반도 등을 거쳐 마침내 호주까지 들어갔다. 우리는 출발한 지 14개월이 지난 뒤에 다시 토론토로 돌아갔다. 여행하는 동안, 우리는 구하기 힘든 물건들을 수집했는데, 그 중 몇 개는 여행이 끝난 뒤 지리학과 미술 선생으로 일하게 된 내게 좋은 학습 자료가 됐다. 1950년대 후반과 1960년대 초반에 미술 선생으로 일하면서 나는 그 여행에 관한 얘기를 들려달라는 요청을 종종 받았다. 하지만 내가 겪었던 일들에 대해 말하면 말할수록 이제 내가 말하는 일들이 영영 사라져버리게 된 것이라는 느낌이 강하게 들었다. 아직 없어지지 않은 것들도 빠른 속도로 사라지고 있었다. 그 다음부터 나는 내 강의의 제목을 "사라지는 세계"라고 붙인 뒤, 청중들에게 20세기 후반기는 인류가 살아온 그 어떤 시대보다도 더 많은 인종과 자연 유산이 사라지는 것을 목격하는 시대가 될 것이라고 말했다.

어떤 사람들은 기원전 1세기 경 알렉산드리아에 있던 도서관이 불탄 일을 두고 인류에게 고통을 안겨준 엄청난 문헌의 손실이라고 주장한다. 하지만 우리가 식물로 병을 치료하는 방법 등을 비롯한 수많은 신비로운 지식들을 알고 있는 현명한 남녀로 가득한 바 음부티 족과 같은 사회를 해체시키고 파괴하는 동안 자연 세계에 대한 엄청난 지식 체계가 영영 사라지고 있다는 것은 잘 모른다. (호지킨병과 소아백혈병의 처치에 유용한 약재를 제공하는) 열대 붉은꽃 빙카 같은 식물은 수많은 사람들을 질병과 고통에서 구할 수 있다. 하지만 몇몇 사람들의 탐욕 때문에 이런 자연의 보물이 영영 사라지고 있다.

나는 종종 청중들에게 이런 것들을 대체할 만한 게 있을까 묻곤 한다. 그리고는 이 질문에 대한 답을 구하기 위해 즐겨 비유를 사용한다. 바로 '즉석 푸딩'이다. 모두 인공적으로 만들어낸 온갖 향료를 넣은, 겉만 번지르하고 달기만 한 그 물렁물렁한 것 말이다. 즉석 푸딩은 간편하게 바로 준비할 수 있지만, 그 안에 들어간 재료 중 절반 정도는 들어본 바가 없는 것들이다. 우리가 넣고자 해서 넣은 재료들도 아닌데다가 바깥에 붙은 딱지의 내용을 이해할 수 있다고 한들 그 재료들이 우리 안에서 어떤 작용을 하는지 알 도리가 없다.

이렇게 말하면 청중들은 금방 무슨 뜻인지 깨닫는다. 이 현대적인 세계는 사람들을 모두 기성품 구매자로 만들어버리기 때문에 사람들은 자신의 삶과 죽음에 큰 영향을 끼치는 것들에 대한 통제력을 상실하고 만다. 우리는 자연의 세계를, 인간으로 살아가는 삶을 잃어버리고 있다.

세계를 떠돌아다니며 늘 지녔던 스케치북에다 나는 새로운 것이나 색다른 것을 볼 때마다 그림을 그리고 물감을 칠했다. 의복들, 거처들, 개들, 풍경들, 그리고 물론 야생동물들. 아마도 그 때 나는 처음으로 그 다양한 모습이야말로 삶의 향신료라는 사실을 깨달았다. 불행하게도 우리는 그 다양성을 지워버리고 그 위에다 획일성을 덧씌우고 있는 중이다. 우리가 검색엔진을 이용해 전 세계의 웹사이트를 떠돌아다니는 동안, 현실 세계는 사라지고 있는 것이다.

이웃을 알아가기

온타리오 벌링턴에 있는 넬슨 고등학교에서 미술과 지리학을 가르치던 시절, 해마다 가을이 되면 나는 홀튼 카운티를 가로지르는 나이아가라 단애층 중 최고봉이랄 수 있는 니모 산으로 가서 오후 미술 수업을 하곤 했다. 교사로 일하던 이십대 시절에 가르쳤던 내 수업 중에 그 수업이 최고라고 할 수 있다.

야외로 나가기 전에 나는 학생들에게 하이쿠, 라쿠, 선 등일본의 예술과 정신에 대해, 이야기하기도 하고 내가 가장 좋아하는 단편소설인 어니스트 헤밍웨이의 '큰 두 마음 강'에서 따온 구절을 읽어주기도 했다. 이 소설에 등장하는 주인공 닉은 전쟁이 끝난 뒤 고향으로 돌아와 송어 낚시를 하기 위해 아버지와 함께 찾아갔던 그 특별한 강을 떠올린다. 기억 속의 모든 일들은 강렬하게 남아 있었다. 지금의 일들, 눈앞의 일들에만 집중했던 경험들이었다. 나는 학생들도 니모 산에서 똑같은 즐거움을 맛보기를, 그리하여 살아가는 내내 그 경험을 잊지 않기를 바랐던 것이다.

그런 날 오후면, 나는 학생들에게 다른 급우들이나 사람들과 말하는 일 없이 서로 다른 세 개의 풍경 속으로 침잠해 들어갈 것을 부탁했다. 학생들에게는 가능한 한 각 풍경을 깊이 있게 관찰하라고 말했다. 첫 번째 풍경은 풀밭이었고 두 번째는 동굴이었고 세 번째는 숲이었다. 이 세 개의 장소는 교토의 신사에 있는 뜰, 파리 근교의 샤르트르 대성당, 뉴욕의 구겐하임 박물관처럼 서로 완전히 다른 공간들이었다.

학생들은 각 장소에서 방해받지 않고 한 시간을 보내면서 일본 종이처럼 좁고 긴 종이에 펜과 잉크로 글을 쓰고 그림을 그렸다. 처음 한 시간 동안, 학생들은 '의식의 흐름'과 같은 방식으로 문장, 그림, 여백 등을 이용해 자신이 본 것들, 들은 것들, 냄새 맡은 것들, 느낀 것들을 기록하며 들판을 묘사했다. 나는 학생들에게 그 한 시간 동안에는 자신이 머무는 그 작은 세계의 모든 것들에 대해 말 그대로 철저한 관찰자가 되기를 부탁했다. 학생들은 동굴과 숲에서도 그 훈련을 반복했다.

이 수업은 '존중' 이라는 단어에 기초한 내 교육 철학의 핵심을 담고 있다. 학생과 선생 사이의 존중, 우리 문화유산에 대한 존중, 자연이라는 우리 이웃에 대한 존중.

우리가 다른 종(種)에 대한 존중을 잃어버리게 된 까닭에는 그들의 이름조차 모른다는 사실도 한몫한다. 이름은 중요하다. 선생이라면 학생들의 이름을 기억하는 일이 얼마나 중요한지 알 것이다. 열대 지역에서 사냥과 채집으로 살아가는 사람들은 수천 종에 달하는 동식물을 구분할 수 있지만, 평균적인 북미 지역 사람들은 고작 열 개 남짓 기억할 뿐이다. 하지만 그런 북미 지역 사람들도 상표라면 천 가지도 구분할 수 있다.

우리는 이런 상황을 바꿔야만, 그것도 대단히 빨리 바꿔놓아야만 하는데, 가장 좋은 방법은 교육이다. 학급마다 (이를테면 피터슨*의 책 같은) 자연에 직접 나가 참고할 수 있는 도감을 비치해놓는 게 가장 간단하다. 내 경험에 따르면 학생들은 자기가 사는 지역의 식물군과 동물군에 관한 퀴즈를 내면 아주 좋아한다. 이런 식으로 교육받을 때, 학생들은 자

기가 사는 곳 주위의 식물과 동물에 대해 더 많이 알게 될 것
이며 놀라운 것들로 가득한 자연계를 더욱 사랑하게 될 것이
다.

※ 〈자연에서 찾아보는 미국의 새〉 같은 책을 펴낸 로저 토리 피터슨을 뜻한다.

자연적 예술

　내가 화가로 경력을 쌓아가기 시작한 것은 1967년이었다. 캐나다 독립 100주년이 되는 해였기 때문에 멋진 행사와 기념식이 많았던 흥겹고 즐거운 시절이었다. 나는 온타리오 주 홀튼 카운티에서 아이들을 가르치며 살아가고 있었으므로 캐나다 연방 시절의 모습과 그로부터 100년이 흐른 뒤의 모습을 화폭에 담아 남기는 것으로 나름대로 100주년을 기념하고자 했다. 내 그림에는 사람들과 자연 유산의 흔적을 모두 담았다. 그 풍요로운 농경지대의 숲이며 농장이며 작은 마을 등등을. 안타깝게도 내가 그런 곳들을 그리는 동안에 그곳들은 사형 선고를 받은 셈이었다. 헛간, 기차역, 철길 울타리, 전통 가옥, 심지어는 교회까지도 그 다음 10년이 채 지나지 않아 불도저에 쓰러졌다. 한 세기 이상 살아남은 건축물들이었지만, 제멋대로 뻗어나가는 도시화의 물결 앞에서는 채 10년도 버티지 못하고 파괴됐다.

그 소중한 풍경을 그린 덕분에 나는 생애 처음으로 그림을 팔 수 있었고 '화가로서의 경력'을 쌓아나갈 수 있는 계기를 마련할 수 있었다. 세월이 흐르는 동안 나는 예술 권력이 '자연풍경을 그린 그림'을 얼마나 깎아내리는지 깨달을 수 있게 됐고 그 때문에 나는 다른 시대에는 자연 풍경과 동물들에 대한 그림이 어떤 대접을 받았는지 궁금해지기 시작했다. 이 문제에 천착해 들어가자, 동서고금을 막론하고 대부분 예술

에서는 자연을 다루는 걸 최고로 쳤다는 사실이 분명해졌다.

하지만 그렇지 않은 예외도 하나 있었다. 중세를 거치면서 교회가 예술 생산에 관한 모든 것을 장악하던 시절의 서구 사회가 바로 그랬다. 암흑시대를 빠져나온 유럽인들에게 자연은 극복해야만 하는 적이었고, 따라서 중세의 예술가들도 그런 관점으로 창작했다. 웅장한 고딕 양식의 교회 건축이 인류가 보여줄 수 있는 가장 숭엄한 예술임에는 분명하지만, 또한 그 나뭇잎 모양의 장식이며 기둥이 북방 삼림지대를 흉내낸 것이기는 하지만 그 시절의 예술가들은 일반적으로 자연을 신화적인 존재로만 묘사했다. 말하자면 괴수 그리핀이나 괴상한 이무기처럼 생각했단 말이다. 그리하여 르네상스 시기부터 20세기 초반까지 그림에 나타난 야생동물들은 언제나 창끝에 겨눠진 모습이었다. 야생동물들은 쫓기는 사냥감으로, 혹은 요리하기 위해 포도송이 옆에 거꾸로 매달아놓은 모습으로만 등장할 뿐이었다. 반면에 집에서 기르는 동물들은 애정을 담아 그리는 경우가 많았다. 내 기억에 따르면 그렇지 않은 경우는 몇 되지 않는다. 뒤러의 산토끼, 램브란트의 코끼리(물론 길들여진 코끼리다.), 피카소의 자전거 의자 비비 등이 그에 해당하겠다.

화가들이 야생 생물들을 진지한 회화의 주제로 여기기 시작한 것은 현대 회화가 등장한 이후의 일이다. 내가 가장 잘 아는 것이 내 그림이니까 자신을 예로 들 수밖에 없지만 다른 사람들의 작품에서도 이런 예는 수없이 찾을 수 있다. 나는 '맑은 밤—늑대들' 이란 작품에서 음침한 숲 속, 잎이 무성한 키 낮은 나무 뒤에서 나를 (혹은 당신을) 바라보는 한 무리의 늑대를 그렸다. 그 늑대들은 맞은 편 언덕, 내 눈 높이쯤에서 주의 깊고도 관심에 가득 찬 눈으로 나를 훑어본다. 우리는 이런 감정을 서로에 대해 느끼는데, 내가 자연에 다가가는 방식은 바로 이런 태도다. 나는 매끄럽게 생긴 쿠거나 순하게 생긴 새끼 사슴, 혹은 심지어 상원의원 등을 보며 느끼는 존경의 태도를 민달팽이에게도 느낀다. 세상에는 멋지고 아름답게 보이는 식물과 동물도 있고 그렇지 않은 식물과 동물도 있다. 하지만 그 모든 것들은 나름대로 우리에게 존중받을 가치가 있다. 회화 분야에 있어서 몇 세기에 걸쳐 자연에 대한 선입견이 굳어진 까닭은 자연 세계를 겁내고 정복해야 하고 인간의 이익을 위해서만 이용해야만 한다고 여기는 우리 사회의 태도가 반영된 결과가 아닐까?

　　언젠가 나는 뮌헨미술관에 갔다가 "Kunst offnet die

Augen"(예술은 우리를 눈 뜨게 한다.)이라고 씌어진 포스터를 본 적이 있다. 나는 이 말이 추상미술을 포함한 그 모든 예술 장르에 합당한 말이라고 생각하는데, 화가의 눈에 비친 자연세계에도 꼭 들어맞는다. 자연을 향유하는 데 이런 태도는 결정적이다. 저마다 즐겁고도 감사하는 마음으로 살아갈 수 있게 할 뿐만 아니라 우리가 지키고 보존해야만 할 자연유산이 어떤 것인지를 보여주기 때문이다.

시간과 공간의 귀족

  아이들은 자연스럽게 나무와 새와 식물과 강물의 세계에 마음을 빼앗기게 되고 그 중 몇몇은 그 모습을 그리고 색칠하는 데 즐거움을 느낀다. 그런 관심은 대개 열두 살이나 열세 살 무렵까지만 이어질 따름이지만 나처럼 평생 그런 열정을 잃어버리지 않는 경우도 있다. 나는 아주 어렸을 때부터 이미 화가와 자연주의자가 되려고 마음먹었는데, 7학년 무렵에는 이 두 가지 길을 놓고 심각하게 고민할 정도였다. 하지만 다행스럽게도 부모님이 그런 나를 지원해 주신 데다가 마음껏 미술과 자연을 탐색할 수 있는 처지에서 성장할 수 있었다. 1930년에 태어난 까닭으로 내 어린시절의 기억은 대공황기 토론토에서 보낸 일들 대부분이긴 하다. 하지만 그 시절이 내게 힘들었던 것은 아니었다. 결코 부유하달 수 없는 가정이었지만, 아버지는 항상 일자리를 놓치지 않았다. 우리 집 식탁에는 먹을 것이 풍부했으며 집도 살기에는 좋았다. 이제 돌이켜보면 나와 같은 시절에 태어난 사람들이 나름대로 운 좋은 세대라는 생각을 하게 된다.

가끔 나는 우리가 이제까지의 시간, 공간, 역사, 지리적 위치를 통틀어 가장 귀족적인 삶을 살았다고 말하곤 한다. 우리는 전쟁에 참가하기에는 너무 어렸고 그 나이가 됐을 때는 베이비붐이 시작됐다. 우리가 대학을 졸업하던 1950년대 초반에는 대공황 덕분에 태어난 아이들이 많지 않아 원하는 직업을 마음대로 선택할 수 있었다. 눈만 돌리면 수많은 문이 나를 향해 열려 있었다. 나는 세상에서 가장 풍요롭고 특권적인 시기에 어른이 됐다.

그러나 매우 운이 좋기로는 내 아이들과 손자들도 마찬가지다. "선진 세계"인 서구 사회에서 지금 살아가고 있는 모든 사람들은 역사상, 혹은 지리학상 그 어떤 사람과 비교하더라도 손색이 없을 만큼 귀족적으로 살아가고 있다. 우리는 지구상에 살았던 그 어떤 사람들보다도 더 많은 재산과 더 많은 권력과 더 많은 기술력과 더 많은 정보를 지니고 있다. 귀족이란 달리 말하자면 '고귀한 사람들' 이란 뜻인데, 이건 특권을 타고난 사람들이란 느낌을 갖게 한다. 그러므로 우리는 고귀하게 행동해야만 한다. 우리의 동료와 우리의 행성을 위해서 말이다.

어떤 여인이 내게 다음과 같은 질문을 던진 일이 있다. "우리 손자 세대에도 손자들이 있을까요?" 고귀하게 행동한다는 것은 확실히 우리 자손의 미래를 위해 좋은 선택을 해야만 한다는 뜻이건만 여전히 우리 대부분은 이런 식으로 생각하는 법을 잃어버린 것 같다. 이런 우리에게 도움이 될 만한 북아메리카 원주민들의 격언이 있다. "지금 세대만이 아니라 앞으로 찾아올 일곱 세대를 위한 길을 내야만 한다." 고작 다음 몇 초간을 위해 계획을 세우는 증권시장이 있는 판국에, 단기 차익만을 노리는 회사 경영진과 다음 선거야 안중에도 없는 정치인들이 있는 판국에 이런 말은 한가한 소리에 불과한 것일까?

하지만 그 이면에 숨은 또 다른 질문들은 훨씬 더 심각하다. 내일은 없는 것처럼 우리는 지구의 모든 자원을 소모하고 있는데, 이 다음 세대들도 과연 우리처럼 살아갈 수 있을까? 우리 종(種)이 과소비한 결과 잇따른 문제가 발생하고 있는데도 우리 종이 살아남을 수 있을까? 내게는 희망의 징조도 보이고 또 그만큼 재앙의 가능성도 보인다. 인간 종족은 마침내 실수로부터 교훈을 얻기 시작할지도 모른다. 우리는 우리가 이 행성의 모든 생물과 생태계에서 벗어날 수 없다는 인식을 얻게 되는 혁명적 전환의 문턱에 서 있는 것인지도 모른다. 하지만 새로운 길을 찾기 전에 먼저 우리는 모래구덩이에서 기어나와 새로운 삶의 방식을 껴안아야만 한다. 지금 우리는 정신을 바짝 차려야만 한다.

제2부

뼈가 남긴 말

지난 몇 십년 동안
우리가 생각하고 행동하던 방식을 바꿀 수 있으니 좋은 일이다.
하루라도 빨리 바꾸지 않으면
문명 세계를 만든 게 우리라는 걸
매우 딱하게 여기게 될 테니까.

그윈 다이어

지구는 달면 삼키고 쓰면 뱉을 수 있는 별이 아니라
영원히 머물러야만 하는 별이라고 생각하고 살자.
아무리 오랜 시간이 흐른다고 해도
화성에 가서 살 수는 없는 법이다.

몬트 험멜

뼈가 남긴 말

웃어야 할지, 울어야 할지 알 수 없었다. 그래서 나는 엄청나게 큰 고래수염의 끄트머리에 앉아서 스케치북을 꺼낸 뒤 그 광경을 갈무리하려고 애썼다. 멋진 고래수염을 본다는 사실에 순수한 즐거움을 느꼈다. 그건 한 번도 본 적이 없는 헨리 무어의 조각품 전람회 같았다. 하지만 그것들이 뜻하는 광경, 즉 그렇게 많은 멋진 바다 생물들이 대규모로 학살됐다는 사실 때문에 속으로는 울고 싶었다. 또 한편으로는 근처에 몰려 있는 젠투 펭귄 새끼들 때문에 슬퍼졌다.

타고 온 선박 린드블라드 익스플로러 호에서 내린 우리 일행은 남극 반도에 있는 포트 록로이를 방문중이었다. 남반구의 가을날이었는데, 그 전날 겨울을 알리는 첫 눈송이가 떨어졌다. 이는 펭귄 새끼들에게는 힘든 시절이 찾아온다는 뜻이었다. 곧 솜털을 잃어버릴 펭귄 새끼들은 굶어죽지 않으려면 얼어붙기 전에 바닷속으로 들어가야만 했다. 더러운 자갈 투성이 둥지에 끈기 있게 서서 펭귄 새끼들은 어미들이 먹이를 물어다주기만을 기다리고 있었다. 하지만 곧 다 큰 펭귄들은 광활한 바다 속으로 뛰어들 것이고 그렇게 되면 더 이상 새끼들에게 먹이를 물어다줄 수 없을 것이다.

자연계도 가혹하긴 하지만, 인간들의 잔인함에는 비할 바가 아니다. 바로 그런 잔인한 곳에, 그러니까 큰 고래 스무 마리 남짓 죽은 무덤 위에, 거대 산업 포경 시대의 유적 위에 내가 앉아 있었다. 뉴잉글랜드, 유럽, 그리고 나머지 북반구의 어자원을 모두 고갈시킨 뒤, 선단은 남극에 사는 지능이 높은 대형 물고기를 사냥하기 위해 남쪽으로 이동했다. 하지만 그건 이 이야기의 일부에 불과하다. 포경선들은 건강한 육종 자원을 보존하는 것이 자신들의 상업적 이익에 부합하는데도 그러지 않았다. 포경선들은 새끼들까지 싹쓸이했는데, 바로 이게 지금까지도 인간들이 자연을 대하는 태도가 아닌가 싶다.

오늘날, 눈에 보이지는 않지만 지구상에서 가장 비극적인 일들이 일어나는 곳을 꼽으라면 바닷속이다. 최근 나는 유자 망(流刺網)에 포획돼 죽어가는 낫돌고래와 레이산 신천옹을 담은 그림을 그린 적이 있다. 업계에서는 '부차적 획득물'이 라는 완곡한 표현으로 말하지만, 과학자인 실비어 얼이 이런 일들을 두고 표현한 "학살된 바다생물"이라는 표현이 더 적 확하다. 매년 산업화된 어업으로 바다표범, 고래, 돌고래, 바 다거북 등 약 100만 마리의 포유동물이 죽어간다. 이 동물들 은 업계에서는 쓰레기로 친다. 멸종 위기에 놓인 종까지 포 함한 100만 마리 정도의 조류도 수백 만 마리의 물고기들과 같은 운명에 처한다. 고깃배들은 매년 2,700만 톤의 죽어가 는, 혹은 이미 죽은 바다 생물들을 잡아들였다가는 쓸모없다 는 이유로 다시 배 밖으로 던져버린다.

이런 전쟁을 치르는 어선들은 최첨단 장비로 무장한 드래 드노트급들이다. 전자 장비로 강력하게 무장한 크고 빠른 배 들로 물고기들을 쉽게 찾아내 잡아들일 수 있다. 하지만 이 런 기술력을 갖추는 데 돈이 들지 않을 수 없다. 뱃값만 해도 수백 만 달러에 이르고, 이 배들을 유지하는 데만 해도 수십 억 달러의 대여금과 정부 보조금이 들어간다. 이 산업화된 어업 기계들이 살찌지 못해 투자액이 모두 사라지면, 우리가 애써 번 돈이 세금으로 거둬들여져 이 미친 짓을 보조하는 데 사용될 것이다.

저인망 어선과 주낙 어선은 해양 세계를 파괴하는 것들 중에서도 제일 끔찍하다. 바다의 초거대 불도저라고 할 수 있는 저인망 어선은 엄청나게 크고 무거운 어망으로 바닷바닥을 훑고 다니며 지나는 길에 있는 모든 것들을 파괴시켜 버린다. 예컨대 토지의 표토 2인치 부분을 훑어내며 곡류를 수확하는 농기계라 할 수 있다. 과학자들에 따르면, 이런 조업의 결과, 전 세계 모든 숲을 잘라서 생기는 서식지 파괴 행위의 150배에 달하는 파괴 행위가 이뤄진다고 한다. 이런 식의 작업은 어획량 상승과 동시에 뉴펀들런드 앞바다에 서식하는 대구의 숫자가 급격하게 감소하게 된 까닭을 잘 설명해준다. 올가미, 낚시 바늘, 낚싯줄, 적당한 크기의 그물 등, 남획을 방지하는 낚시 장비를 살리고 저인망 어선은 금지시켜야만 한다.

주낙 어선은 오징어를 미끼로 한 수천 개의 낚싯바늘을 가진 낚싯줄을 8마일에 걸쳐서 늘어놓는다. 오징어를 너무나 좋아하는 신천옹들은 매년 주낙 어선 때문에 수천 마리씩 죽어나가 어떤 지역에서는 거의 멸종의 수준에까지 이른 것으로 추정된다. 또한 어선이 그물로 잡아들인 물고기 중에서 팔 수 없는 어종이나 치어들이 있는데, 이런 '부가물들' 은 죽은 채로 버려진다.

이 어리석은 학살극은 불가피한 게 아니다. 예컨대 오징어에 푸른 물을 들인다면 신천옹들의 눈에는 보이지 않을 테니 죽음의 유혹이 있을 리 없다. 이 간단한 절차에 드는 비용은 이를 통해 절약되는 비용으로 충분히 벌충하고도 남는다. 왜냐하면 그 큰 새들로 인해 낚시 바늘과 줄이 엉키는 일이 더 이상 일어나지 않을 테니까.

나는 새우 요리를 좋아한다. 하지만 갑각류 어획의 부차적 획득물 비율이 14배라(이는 1킬로그램의 새우를 잡으려면 부차적으로 14킬로그램의 다른 생물을 잡아들여야만 한다는 뜻이다.) 수많은 바다 생물들이 죽은 채로 버려진다는 사실을 알았을 때, 무척 괴로웠다. 2년 전에 노바 스코샤에서 소규모 새우잡이를 하는 어민이 우리 작업실을 찾아온 적이 있었다. 그 사람의 경우에는 부차적 획득물의 비율이 어떤지 물어봤더니 그 사람은 그물의 앞쪽에 팔 수 없는 새우나 물고기는 걸러낼 수 있는 스테인리스 스틸 어망을 사용하기 때문에 곁으로 잡는 물고기는 없다고 말했다. 문제가 있다면 한 달에 한 번씩 그물을 보수하는 데 5,000달러가 들기 때문에 자신이 잡은 새우값을 많이 칠 수밖에 없다는 점이었다. 그 정도는 충분히 지불할 수 있지 않을까? 자연계와 인류의 미래를 지키기 위해서라면 비용을 더 지불할 수 있는 준비가 갖춰졌는지 아닌지는 자신에게 물어봐야만 할 일이다.

삶에서 가장 소중한 것들이 공짜로 여겨지던 시절이 있었다. 맑은 물, 신선한 공기, 새들의 지저귐, 균형 잡힌 생태계 등등. 하지만 우리는 자연 환경에 너무나 많은 해악을 끼쳤기 때문에 이제는 대가를 치러야만 모든 것을 깨끗하게 되돌릴 수 있다. 상쾌한 공기를 원한다면 대체 에너지 자원을 개발하고 화석 연료를 덜 사용하는 운송 수단을 만들어야 한다. 우리 생태계를 지키고자 한다면, 더 많은 자연 서식지를 확보해야만 하고 그 서식지를 보존할 수 있는 효과적인 법령을 시행해야 한다. 바다의 생물들을 보호하고 싶다면, 부차적 획득물과 바다 생물의 대략 학살을 줄이는 방법에 투자해야만 한다. 장기적으로 보자면, 이런 새로운 방법들을 충분히 적용할 때 실제 비용은 낮아지게 될 것이다.

돈을 벌기 위해서는 먼저 돈을 써야만 하는데, 환경 보호에 투자하는 일에 대해서도 마찬가지라고 말할 수 있다. 오랫동안 오염돼 있었으나 이제는 정화된 영국 템즈 강이나 미국 이리 호수의 이야기들은 재정적인 희생 없이는 나올 수 없는 것들이다. 하지만 비용은 그만한 값어치를 한다. 과거에 자연은 우리에게 "공짜 점심"이라고 할 수 있는 것들을 제공했지만, 이제 우리는 자연 자원을 너무 빨리 소비하고 있기 때문에 비축물이 고갈되고 있다. 이제 우리가 영점에 점점 도달함에 따라 핵심 정책 결정자에서 연어 통조림을 구매하는 소비자에 이르기까지 지금 우리가 바다와 육지와 대기의 혜택을 거의 원가로 누렸다는 사실을 기억해야 하는 때가 올 것이다.

자신이 우주로 나가는 최초의 미국인이 될 것이라는 사실이 임박했을 때, 머릿속에 무슨 생각이 오갔느냐는 질문을 받은 존 글렌은 "이륙 직전 몇 초간의 생각은 다음과 같았습니다. '이 계획과 관련한 모든 업무가 최저 입찰자에게 넘어갔구만.'"

나는 이 이야기를 많은 청중들에게 들려줬는데, 그 반응은 대개 다들 생각에 잠긴 듯 잠시 침묵이 흐르다가 갑자기 웃

음이 터져나는 식이었다. 자연을 향해 우리가 묘비명을 써준다면 이런 문구가 되는 게 아닐까? 우리가 계속 최저 입찰자에게 우리 자원을 팔아치운다면 말이다.

이런 불행한 결과를 피하려면 그 비용이 얼마가 되든 우리 자연 유산을 보호할 수 있는 방법론과 기술력에 투자해야만 한다.

옛 전통이 남아 있는 어떤 사회에서는 뼈를 살펴 미래를 예측한다. 우리가 현대에 접어들어 불필요한 이유로 죽어버린 수백 만 마리의 바다 생물들의 골격을 볼 수 있다면, 그 뼈들은 우리의 현재와 미래에 관한 가슴 서늘한 이야기를 들려줄 것이다. 바로 지금 이 순간, 푸른 대양을 부유하다가 제명에 살지 못하고 죽어 해저에 가라앉는 죽은 몸을 떠올려보라. 바다의 밑바닥에 버려진 채 누워 있는 이들 생명체의 끔찍한 모습에 대해 알게 됐을 때, 우리 다음 세대들은 과연 어떤 말을 할 것인가?

라만차의 포도나무

  우리가 돈키호테의 전설적인 땅을 찾아간 것은 새를 관찰
하기 위해서였다. 하지만 우리는 세르반테스의 주인공처럼
풍차를 향해 무모하게 돌진하는 꼴이 돼 버리고 말았다. 버
깃과 나는 진짜 "목록 마니아"(즉 한 평생 동안의 기록표에
가능한 한 더 많은 새로운 종을 추가시키려고 애쓰는 조류
관찰자들)는 아니었지만 조사 기록은 계속 작성했는데, 스페
인의 이 음산한 풍경 속에서 스페인 토종 조류를 발견하는
일은 상당히 어려워지고 있었다. 그 때문에 조류 목록 작성
은 거의 투쟁에 가까웠다. 적어도 기록된 역사에 따르면 라
만차 지방은 신록과는 거리가 먼 곳이어서 중세 시절부터 호
구지책으로 들어선 농가와 작은 마을만이 있었던 곳이다. 하

지만 두루 여행해보니 이런 곳에서 어떻게 사람들이 살아갈 수 있을까, 의아할 지경이었다. 작열하는 땡볕에 농가들은 땅속으로 박혀 들어가는 것처럼 보였다. 사방으로 보이는 모든 땅이 비쩍 말랐고 활기가 없었다.

그러다가 느닷없이 우리는 굴곡진 풍경을 잘 층지운 고랑으로 감싸고 잘 익은 포도송이를 치렁치렁 드리운 포도나무들이 있는 포도원과 마주쳤다. 하지만 거기가 오아시스는 아니었으므로 그 포도나무들은 절대 자랄 토양이 아닌 곳에서 자라고 있는 셈이었다.

포도원은 이미 지난 수천 년 동안 지중해를 둘러싼 많은 지역에서 번성해 왔으나 이른바 진보의 수호자들에게는 그것으로 성이 차지 않았던 모양이다. 브뤼셀의 관료 체계 내부 어딘가에서 누군가 자연적으로는 절대로 어울리지 않는 곳에 포도나무 재배를 할 수 있게 함으로써 스페인을 "돕는다"면 좋은 생각이 아니겠느냐고 결정했다. 기술 관료들은 관정을 깊게 파 고가의 송수 체계를 갖출 능력이 충분하다고 모두를 설득했다.

그리하여 라만차의 포도나무 식목 계획이 통과됐다. 하지만 그 포도나무들은 보이지 않는 대가를 치러야만 했다. 포도원이 건설되고 관정을 깊게 파게 되자, 그 동네의 얕은 우물들은 말라버렸고 많은 농가들이 땅을 버려야만 했다.

　오래지 않아 더 많은 물이 필요해지자, 인근의 습지가 다음 희생양이 됐다. 조류들에게 소택지는 천국과 같은 곳이라 람사협약*을 통해 그 중요성이 국제적으로 인식되든 말든 말이다. 소택지가 말라버리자, 새들은 그곳을 떠났다.

　용수가 충분해졌으므로 포도나무는 자랐다. 몇 년이 지난 뒤, 첫 번째 포도 수확이 이뤄졌고 그 포도를 이용해 와인을 생산했다. 하지만 시장은 공급 과잉 상태였으므로 그 와인들은 공업용 알콜로 전환됐다. 하지만 공업용 알콜 역시 공급 과잉이었기 때문에 결과적으로 이 새로운 생산품은 재고분으로 남게 됐다. 이 모든 일, 그러니까 버려진 농가, 황폐화된 습지, 불필요한 공업용 알콜 등이 생겨나는 데 필요한 돈이 모두 납세자들의 주머니에서 나왔다.

　마치 우화처럼 들리겠지만, 이는 실제로 일어난 일이다. 더 큰 관점에서 보자면, 이는 현대의 산업화된 농업에도 해

　■ **람사협약** 습지는 경제적, 문화적, 과학적 및 여가적으로 큰 가치를 가진 자원이며 이의 손실은 회복될 수 없다는 인식하에 현재와 미래에 있어서 습지의 점진적 침식과 손실을 막기 위해 만들어진 국제협약이다. 한국은 1997년 7월 28일 101번째로 이 협약에 가입했다.

당하는 이야기다. 이런 현상들이 지구를 유린시키면서 그 비용을 우리더러 부담하라고 강요하고 있다.

훨씬 짧지만 또 다른 이야기도 있다. 언젠가 나는 우리 집에서 자라는 사과나무를 화폭에 담은 적이 있었다. 가을이었기 때문에 사과는 최고로 잘 익어 빨간 상태였다. 하지만 나는 농약을 치지 않기 때문에 사과에는 반점이 있었다.

나는 슬라이드를 보여주며 강의할 때 가끔 이 그림, '심홍빛 야생 사과'를 보여주면서 이런 질문을 던지곤 한다. "어떤 독성 물질도 살포하지 않은 까닭에 값은 비싼데도 불구하고 겉에는 반점이 나 있는 사과를 여러분은 드실 수 있을까요? 그럴 수야 없다고 대답한다면 좋은 소식을 알려드리죠. 이 반점은 해롭지 않습니다. 눈을 감고 드신다면 반점이 있다는 사실도 모를 겁니다. 제 할머니는 한 평생 반점이 있는 사과를 드셨지만, 사과 반점 병 때문에 돌아가신 건 아니거든요."

우리는 한꺼번에 많은 양의 농약을 복용하면 당장 죽을 수 있다는 사실을 잘 알지만, 적은 양을 복용하면 오랜 시간에 걸쳐 죽어간다는 사실에 대해서는 오래 따져본다. 농약은 원래 의도했던 곤충들뿐만 아니라 (그 해충을 잡아먹는) 유익한 곤충과 그 밖의 무척추동물들을 대량으로 죽여 버린다.

지난 반세기 동안 농약을 살포했음에도 우리는 단 한 종의 해충도 박멸하지 못한 반면에 더 강력한 벌레들을 키운 결과를 맞이하게 됐다. 자연은 우리가 새로운 독약을 개발하는 것보다 더 빨리 변하는 것처럼 보인다.

매년 납세자들의 세금이 천문학적으로 산업화된 농업에 들어가지만 그 돈의 대부분은 자연을 파괴하는 데 사용된다. 천연의 초원과 천연의 숲을 밀어버리고 대수층과 강물을 고갈시키고 치명적인 화학 물질을 유포하는 일들이 모두 한 묶음으로 이뤄진다. 하지만 자연은 산업적 응용에 절대로 부합하지 않는다.

한 때 북아메리카의 대평원에는 믿기 어려울 정도로 풍요로운 초원이 있어 들소에서 회색 큰곰, 날랜 여우들과 대초원 들개 등이 들끓었다. 하지만 이제 이들 동물 종들은 완전히 사라졌거나 앞날이 위태로울 만큼 작은 무리만 남아 있을 뿐이다. 다종다기한 종들로 풍요로웠던 초원에 이제는 몇몇 종만 두드러질 뿐이다.

산업화된 농업은 근본적으로 종자의 다양성을 줄이려고 하기 때문에 수천 년에 걸쳐 전통 농업이 축적해놓은 엄청난 유전자 창고는 점점 더 비어가고 있다. 슈퍼마켓의 농산물

코너에 가서 한 번 훑어보기만 해도 내 말이 무슨 의미인지 이해할 것이다. 예컨대 예전에 북아메리카 사람들은 말 그대로 수백 종의 사과를 즐길 수 있었다. 하지만 이제는 손가락으로 꼽을 수 있을 정도다. 무엇보다도 가장 우려스러운 일은 이 옛날의 종들을 다시 되살릴 수 있는 종자들이 줄어들고 있다는 점이다.

자연은 번잡하고 제멋대로다. 산업화된 농업은 산뜻하고 체계적이다. 자연계는 복잡하고 상호관계를 맺으며 본래 자기보존 능력을 갖추고 있다. 단일경작 농업은 단순하나 허약하다. 벌레 하나, 악천후 한 번에도 완전히 사라져버릴 수 있다.

모든 세대는 다음과 같은 오래된 질문에 직면한다. "농사는 잘 되십니까?" 우리는 이 질문에 이렇게 대답해야만 할 것이다. "농사가 너무 잘 되는 바람에 지구를 망칠 지경입니다." 때로 산업화된 농업이라는 가르강튀아(프랑스의 작가 프랑수아 라블레의 작중의 거인 이름)에 맞서는 사람은 어마어마하고 무자비한 풍차에 창살을 흔들며 돌진하는 돈키호테라도 된 듯한 심정이 들게 된다. 우리가 아무리 씩씩하게 노력해도 그 거대한 풍차는 계속 돌아갈 것이다. 하지만 우리는 싸움을 멈추지 말아야 한다. 우리는 다른 식으로 농사를 잘 되게 해야만 한다. 라만차 지역에 계속 포도나무를 심어야만 하는가를 따져볼 때 다시 한 번 더 이런 식으로 생각해보는 것도 좋은 일일 것이다.

나무 한 그루가 쓰러지면

만약 숲에서 나무 한 그루가 쓰러지면 누가 있어 그 쓰러지는 소리를 들을까? 얼마나 많은 것들이 있는지 우리는 상상도 못할 것이다. 그 나무의 이웃들이랄 수 있는 숲 속의 수백 만 개체들이 그 쓰러지는 소리를 듣거나 최소한 느낄 것이다. 나무 하나가 쓰러져도 그 세계가 완전히 바뀌기 때문이다. 숲을 벗어나면 수많은 다른 존재가 그 소리를 알아챌 것이다. 우리 숲에 관심을 기울이고 그 운명을 걱정하는 수천 명의 사람들이 있으니까. 그들 중에는 숲에서 정말 멀리 떨어져 사는 사람들도 있기 때문에 별 걱정도 다 한다고 생각할 수도 있지만, 그들의 걱정에도 이유는 있다.

벌목회사들은 대개 더 이상 다른 사람들이 왈가왈부할 수 없을 지경에 이를 때까지는 자신들이 잘라내는 나무가 쓰러지는 소리를 듣는 사람이 없기를 바란다. 하지만 천둥이 잦아지면 비가 내리게 마련이다.

1980년 후반의 어느 날, 밴쿠버 아일랜드 서쪽의 험한 지형에 있는 공유지를 도보 여행하던 한 자연애호가가 상당히 훌륭한 온대성 다우림을 우연히 발견했다. 그는 나무들이 자란 수치를 잰 뒤, 그 둘레에 깜짝 놀랐다. (나중에 그 나무들은 세계에서 가장 큰 미국 가문비나무들로 밝혀졌다.) 나무들의 수치를 재는 동안, 그 자연애호가는 멀리서 전기톱이 쟁쟁거리는 소리와 함께 나무가 통째로 땅에 쓰러지는 소리를 들을 수 있었고, 급기야 위기에 처한 남부 카르마나 숲의 소식이 전 세계에 알려지게 됐다.

브리티쉬 컬럼비아의 환경운동 단체들은 그 소식을 온 나라와 바깥 세계에 알리며 즉시 행동에 들어갔다. 환경운동가들은 카르마나 강가에 있는 거목들의 숲으로 향하는 오솔길을 개척한 뒤, 화가들을 초대해 그 숲의 아름다움을 그리게 했다. 그 다음에는 언론인들이 카르마나 계곡으로 몰려들기 시작했다. 이에 벌목회사는 상당한 거부감을 느끼고 벌목 일정을 앞당기기 시작했다.

초대 받아 나무들의 모습을 그린 100명 가까운 사람들 중에 나도 포함됐다. 다른 화가들 몇몇과 함께 나는 벌채용 도로를 따라 도보로 그 계곡까지 들어갔다. 거의 도착할 무렵, 나는 길 옆에 나뒹구는 통나무 하나를 보고는 그만 걸음을 멈추고 말았다. 지름이 12피트(약 3.7미터)는 넘을 듯 싶은게 아마도 그때껏 내가 본 중에서는 가장 큰 나무였다. 그 등걸에 손을 올려놓고 그 옆에 서서 나는 그 나무의 지난날을 상상했다. 그 나무는 크리스토퍼 콜럼버스가 아메리카에 도착하던 무렵에 태어났을 것이다. 그 다음에는 그 나무의 앞날에 대해 생각했다. 제 아무리 좋게 생각해봐야 이 독특한 미국 가문비나무는 가로 4인치 세로 2인치짜리 각재 뭉치가되거나 광고 편지 뭉텅이로 여생을 보낼 게 분명했다.

내가 여기서 말하는 바를 오해해서는 안 된다. 내가 삼림산업을 반대하는 것은 아니다. 나무를 길러서 잘 활용하는일이 중요하다는 걸 나도 믿는다. 삼림산업이 있기 때문에우리의 숲을 파괴하지 않고도 여러 사람들이 뜻있는 일을 할수 있는 것이다. 때문에 나는 벌목이나 벌목업자들, 그리고특히 벌목업계를 나쁘게 보지 않는다. 하지만 삼림산업을 지속가능하게 유지하려면 나무 하나하나를 사려 깊고도 세심하게 다뤄야만 한다. 불행하게도 북아메리카에 사는 우리가 나무를 대하는 태도는 이와는 사뭇 다르다. 우리를 비롯한 모든 사람들이 열대 지방에서 급속도로 사라지는 숲을 대하는 태도 역시 이와는 차이가 있다.

삼림지대와 벌목 산업의 미래를 생각한다면, 이 대륙에 사는, 혹은 적어도 내가 사는 브리티시 컬럼비아에 사는 우리들이 나무를 대하는 방식이 근본적으로 바뀌어야만 한다. 숲을 보존하면서 그 자원을 이용하자는 주장이 '터무니없는 협박'이라고 말하는 사람들도 있던데, 그 반대의 경우가 오히려 더 진실에 가깝다.

1980년대를 거치는 동안, 북미 지역의 벌목량은 증가한 반면에 벌목과 관련한 일자리의 수는 감소했다. 공룡화된 삼림 자원 생산기업들은 자금을 대출받고 조건이 좋은 정부보조금을 확보함으로써 신종 기계, 제재소 시설, 도로 등을 비롯한 기반시설에 막대한 자본금을 투자할 수 있게 됐다. 말하자면 애들한테 장난감을 쥐어준 꼴이다. 다른 사람의 돈을 쓰는 일은 언제라도 신나는 일이다. 그 돈을 전에 없이 비약적으로 벌목량을 증가시킬 수 있도록 만드는 새로운 벌목기계를 사는 데 사용할 때는 특히 그렇다. 그래서 정부, 업계,

지역 사회는 대단히 열심히 흥청망청 돈을 쓰는 데 열중했다.

이처럼 벌목에 대해 산업적으로 접근하게 되면 삼림자원을 금전적 차원에서만, 투자와 회수의 개념으로만 바라보게 되면서 환경적인 비용은 무시하게 된다. 하지만 자연에는 이런 셈법이란 없다. 이제껏 한 번도 없었다. 그리고 머지않아 자연의 최종 결산표가 기업의 이익계산서를 따라잡을 것이다. 1980년대에 과잉 벌목과 과잉 생산이 일어나면서 북미의 삼림지대에는 심각한 문제가 발생했다. 삼림자원 공급의 문제, 자금 상환의 문제, 삼림자원의 감소를 우려한 수많은 사람들의 마음을 어지럽힌 문제 등이 발생했는데, 그 중에서도 일자리를 잃게 된 벌목 노동자들의 문제가 가장 눈에 띄었다.

현재 캐나다는 1입방미터의 나무를 벌목하는 데 드는 노동자의 수에 있어서 세계 최저 수준을 지켜가고 있다. 미국의 경우에는 1입방미터 당 노동자의 수가 그 두 배 정도이고 스위스의 경우에는 캐나다가 일자리 하나를 만드는 동안 열 개의 일자리를 만든다. 나무 하나 당 노동인력의 수가 높다면 과연 나무의 가격도 증가하는 것일까? 단기적으로 볼 때는 그렇다. 하지만 그렇게 하지 않을 때는 지속가능한 수준을 넘어 삼림자원을 고갈시키고 장기적으로 노동자들을 위험에 빠뜨리게 된다. 그렇게 되면 우리는 더 이상 감당할 수 없게 된다.

다른 화가들과 함께 쓰러진 거목 가문비를 지나 계속 걸어가다 보니 자연이 만든 대성당이라고 부를 만한 곳에 이르렀는데, 그런 풍광은 정말 난생 처음이었다. 얼마나 오래된 숲이었던지 나무 줄기가 꽤나 널찍한 공간을 확보한 상태에서 거대한 석주처럼 서 있었다. 나는 물 맑게 흘러가는 카르마나 강의 물결 소리가 들려오는 곳에 이젤을 세우고 앉아 이끼가 낀 줄기와 영적 기운이 넘치는 그 줄기들 사이의 풍광을 화폭에 담기 시작했다.

그림을 그리는데, 강물 소리와 다투듯 어떤 소리가 흘러나온다는 사실을 깨닫게 됐다. 꼭 모기들이 앵앵거리는 소리처럼 희미했는데, 그 복 받은 곳에는 피를 빨아먹는 벌레가 없었으니 그것도 아닐 듯했다. 그 앵앵대는 소리를 잊어버리려고 몇 번 애쓰다가 결국 나는 그 소리가 무얼 의미하는지 깨닫게 됐다. 그건 1킬로미터 정도 떨어진 곳에서 들려오는 전기톱 소리였다. 가끔씩 윙윙거리는 소리가 멈추기도 했는데,

이는 거대한 나무가 땅바닥으로 쓰러지는 소리가 곧 들려오리라는 신호일 따름이었다.

카르마나 주변에서 느낄 수 있는 침묵은 몇 가지 이유 때문에 내가 십대였던 제2차 세계 대전 시기에 라디오에 귀를 기울이던 일을 생각나게 했다. 런던대공습에 관한 라디오 방송을 듣고 있노라면 머리 위로 날아가는 독일군의 폭탄이 앵앵대는 소리가 들리다가는 갑자기 그 소리가 뚝 그치면서 불길한 침묵이 계속되는데, 이는 폭파 직전에 모터의 작동을 중지시키기 때문이었다.

그 누가 숲 속에서 쓰러지는 나무 한 그루의 소리를 듣는가? 이 경우에는 충분히 많은 사람들이 들었고 모든 게 달라졌다. 그날 우리가 그린 그림들은 판매수익금을 모아 전기톱에 대항하는 데 사용하려고 출간한 책에 수록됐다. 이 책은 베스트셀러가 됐다. 출판물과 홍보를 통해 결국 우리는 벌목을 중단시켰고 사우스 카르마나의 나무들을 보호할 수 있게 됐다.

어느 마을 이야기

처음에는 수도에서 멀리 떨어진 작은 멕시코 마을의 여느 아침이나 다를 바 없는 것 같았다. 동트기 전의 미명 속에서 수탉 한 마리가 홰를 치자 다른 놈들도 합세해 즉흥합창곡을 불렀다. 다 늦은 시간에 부엉대는 부엉이가 있는가 싶더니 일찍 일어난 새가 목청을 가다듬으며 지저귀기 시작했다. 부엌에서 피워 올린 연기가 마을의 지붕 위로 감돌아 날리면서 사람들의 나지막한 목소리 사이로 이런 저런 냄비들이 절렁대는 소리와 함께 또띠야를 만드는 여인네들의 손바닥이 맞부딪히는 소리가 철썩철썩 들려왔다. 사내들은 삽이며 괭이며 머셰타라고 부르는 날이 넓은 칼 따위의 농기구들을 손질했다. 오늘 그 사람들은 몇 년간 유휴지로 버려뒀던 농지를 정리해 옥수수와 콩을 경작할 준비를 할 예정이다.

그런데 그날만은 뭔가 특이한 점이 있었다. 개들은 그 사실을 아는 것 같았다. 짖는 소리가 어째 평상시에 그렇듯 가끔 서로 다투듯 짖는 소리라기보다는 심상치 않고 귀에 거슬리는 느낌이 들었다. 그러다가 기계 소리가 들려오는가 싶더니 디젤 냄새가 풍겼다. 그리고 그 장비가 모습을 드러냈다. 마을 초입으로 들어오는 가느다란 진입로로 굉음을 울리면서 거대한 황색 괴물이 나타났다. 그 몸체가 탱크보다도 더 컸던지라 감히 그 옆으로 지나가려는 자동차도 보이지 않았다.

마을 사람들이 나서 그 기계를 멈춰달라고 애원했지만, 바나나 나무만 쓰러질 뿐이었다. 파파야 나무도 그렇게 쓰러졌고 마을의 자랑거리인 망고 나무도 마찬가지 신세가 됐다. 그 기계에 올라탄 남자들은 멕시코시티에서 오는 지시만 따를 뿐이었다.

선조 때부터 마을 사람들은 그 땅에서 살면서 농사를 지어왔지만, 법적으로 볼 때 땅은 그들의 것이 아니었다. 땅을 얻을 수 있는 여러 과정이 있었지만, 그들은 그 사실을 전혀 몰랐고 그 사이에 정부가 그 땅을 소유하게 됐다. 그러다가 소유권은 어느 퇴역 장성의 손으로 넘어갔는데, 그 장성은 그 곳에 로프 따위를 만드는 사이잘삼을 재배하는 산업화된 플랜테이션을 건설하기로 어느 다국적 기업과 계약을 체결했다. 이 새 지주는 고작 자신들의 생계만 유지할 뿐인 소작농들이 내는 눈물겨운 소작료보다 더 많은 돈을 벌고 싶었던 모양이다.

몇 년 전, 이런 일이 일어날 때만 해도 시장에서 사이잘삼의 가격은 좋았다. 그때만 해도 대량 생산이야말로 농작물을 가장 효율적으로 재배하는 방법이라는 생각이 널리 확산돼 있었다. 이는 곧 마당이건 옥수수밭이건 바나나 나무건 유휴지건 모두 없애버린다는 뜻이며 재수 없게도 '좋지 않은 곳'에 자리 잡게 된 마을마저도 없어져야만 한다는 뜻이었다. 새 주거지는 직선 도로를 따라 건설됐는데, 길옆으로는 함석지붕에 시멘트 벽돌로 지은 집들이 줄지어 섰고 (이제는 사이잘삼 플랜테이션의 '고용인'이 된) 마을 사람들이 이 회사의 관사에서 생활했다.

이 전직 농부들 중의 몇몇은 이제 텔레비전을 살 수 있을 정도로 돈을 모았지만, 이제 자신이 먹을 음식을 재배하는 사람은 아무도 없다. 그렇기 때문에 회사에서는 장성의 사촌

이 운영하는 상점을 열었는데, 이 상점에서 파는 물건값이 꽤 비쌌기 때문에 마을 사람들이 받는 '많은' 임금의 대부분이 이 가게로 들어갔다. 사람들은 욕구불만과 알콜중독에 시달리기 시작했다. 전에는 그 존재도 몰랐던 가정 폭력과 좀도둑이 일상화됐으며 오래지 않아 대부분의 젊은이들은 멕시코시티로 나가 그 도시의 엄청난 슬럼가를 전전했다.

그러던 어느 날인가, 홍콩인지 도쿄인지 뉴욕인지, 아무튼 어디 있는지 알 수도 없는 그 먼 나라에 사는 누군가가 사이잘삼보다는 합성섬유가 더 유망하다고 결정하게 된다. 몇 초 뒤, 그 지시가 컴퓨터에 입력된다. 며칠 뒤, 플랜테이션의 공장장은 그 지시를 받는다. 그리고 그 몇 주 뒤, 플랜테이션은 문을 닫고 노동자들이었던 마을 주민들은 해고당한다.

그 땅의 운명이 어떻게 바뀔지 아는 사람은 아무도 없었다. 시장 상황이 좋아진다면 또 다른 플랜테이션 시설이 들어설지도 모른다. 혹은 조각조각 나뉘어져 팔릴지도 모른다. 그러면 마을 주민들은 어떻게 되는가? 그들은 스스로 먹고 살 길을 찾아야만 한다.

이 멕시코 마을의 이야기는 각기 그 사연은 다양하겠지만 전 세계에 걸쳐서 매일 반복적으로 되풀이되는 이야기다. 이는 지주와 농노에 관한 오랜 이야기이기도 하지만, 중요한 차이점이 하나 있다. 이 지주는 자기가 돌보는 소작농의 이익을 보호하는 책임을 지닌 귀족이 아니라는 점이다. 농지와 집과 살림 밑천을 몇 주 안에 없애버리는 엄청난 결정을 멀리 떨어진 곳에서 내릴 수 있는 다국적 기업이 대부분이다.

농부들은 노동자들이 됐다. 그 아이들은 슬럼가를 전전한다. 여인들은 가족이 뿔뿔이 흩어지는 것을 지켜볼 수밖에 없다. 그들이 모여 살던 터전을 파괴한 플랜테이션은 햇살을 받으며 죽은 채로 서서 부활의 날만을 기다리지만, 그 날은 결코 찾아오지 않을 것이다.

소작농 착취에 관한 새로운 장(章)은 석유를 수출하는 주요 11개 국가가 석유수출국기구(OPEC)를 결성하던 1960년대부터 씌어지기 시작했다. 그들이 유가를 조절하면서 큰 이익을 보게 된 생산자들은 금을 사들여 선진 산업국가의 대형 은행에 보관했다. 당연한 일이지만, 은행으로서는 이익을 챙길 수 있는데도 불구하고 그 많은 돈을 그저 은행 금고 안에다가 넣어둘 마음은 전혀 없었기 때문에 개발도상국들에게 그 엄청난 자금을 빌려줬는데, 이 때 은행들은 세계은행과 국제통화기금(IMF)으로부터 무조건적인 권리 보장을 받았다. 이들 기구는 대부금이 완전히 상환되지 않을 경우 그 손실분을 보전하도록 도와준다.

겉으로 보자면, 이거 꽤 수지맞는 일처럼 보였다. 1970년대 초반 유가상승에 재정이 흔들린 개발도상국들은 경제 상황을 호전시키기 위해 애쓰는 과정에서 세계에서 가장 부유한 자들과 기관들이 주는 돈을 반길 수밖에 없었다. 정말 믿기지 않을 정도로 너무 좋은 조건 같았다.

사실 그랬다. 그 결과가 어떻게 될지 전혀 따져보지 않고 곳곳에 던져진 돈만 생각한다면 말이다. 각국의 정치인들과 대리인들은 그 기금에서 '자기 몫'을 챙겼고 나머지 돈은 멕시코의 사이잘삼 플랜테이션과 같은 대형 프로젝트의 자금으로 사용됐다.

이 일의 핵심은 아마도 개발도상국이 자신들의 대부금을 외국 화폐로 상환할 수 있도록 수출 상품을 대량 생산하는 일인 듯하다. (많은 경우, 대부금과 외화는 무기나 개발도상국의 권력층들이 별장을 구입하는 데 사용됐다.) 대부분의 국민들은 이 일을 통해 아무런 이익도 보지 못했다. 멕시코의 농민들처럼 많은 사람들이 생활 터전에서 쫓겨났고 결국 대부금이 채무 불이행 상태에 들어가면서 IMF는 그 자금의 일부라도 벌충하기 위해 채무국에 가혹한 경제 정책을 채택하라고 강권했다. 그 혜택을 전혀 보지 못한 개발도상국의 국민 대부분은 상당히 고통을 겪었다. 경제적 거물들은 이를 두고 '부채 상환 계획'이라고 불렀다. 그 결과는 황폐화였다.

지구에서 가장 부유한 국가들 덕분에 개발도상국에서 이 모든 일들이 일어나게 됐다. 캐나다의 경제학자인 패트리셔 애덤스는 '가증스런 부채(Odious Debts)'라는 책에서 유니세프의 말을 인용해 이렇게 썼다. "부자들은 돈뿐이고 가난뱅이들은 빚뿐이라고 말하는 것은 결코 지나친 단순화가 아니다."

가난한 사람들은 이 잘못된 투자의 부정적인 결과 때문에 여전히 등이 휘어지고 있다.

십대 소비자 슬기 인간

지난 몇 십 년간 북미, 서유럽 등 세계의 '개발 지역'에서
는 흥미로운 사회적 변화가 이뤄졌다. 내가 '십대 소비자 슬
기 인간(Homo sapiens Teenager consumerensis)'이라고
부르는 새로운 인간 종이 창조된 것이다. 이 새로운 아종(亞
種)이 일반화된 것은 아니다. 내가 고등학교에서 선생으로
일할 때만 해도 이런 유형을 찾기는 어려웠지만, 이제 그 숫
자는 급격하게 증가하고 있다. 이 아종은 1950년대 베이비붐
이 일어났을 때 역사에 처음 등장했으며, 이후 텔레비전의
등장과 함께 성장했다. 초기 TV 광고업자들은 이내 이 십대
들의 소비 욕구를 특정하게 조절할 수 있다는 사실을 알아냈
다. 특정한 음식, 특정한 음료, 특정한 의류, 특정한 음악, 특

정한 영화 등등.

이 전략이 성공적으로 먹혀들게 되자, 광고업자들은 그 영역을 십대 이전과 십대 이후의 사람들에게까지 넓히게 됐다. 광고업자들은 여덟 살배기에게는 그들이 이미 십대에 접어들었다고, 또한 25세들에게는 그들이 여전히 사춘기를 지나고 있다고 현혹시켰다. 텔레비전 광고라는 놀라운 기적을 통해 이들 인간들은 광고 '타깃'으로 정교하게 조정됐다.

인류 역사상 최초로, 한 인간의 성장 과정에서 가장 활기가 넘치고 역동적인 한 시기를 단일한 목표에 맞춰버린 셈이다. 그 목표란 자신에의 몰입으로, TV에의 지나친 노출이 이를 부추기고 있다. (북미 지역의 어린이들은 주당 학교에서 머무는 시간보다 TV를 시청하는 시간이 더 많다.) 현재 아이들의 이런 변화에 대해 걱정하는 사람들은 많지만, 그 근본적인 문제점에 대해 따져보는 사람은 거의 없다. 이제는 우리가 그 일을 해야만 하는 시점이다.

다행인 것은 이런 아종으로 바뀌지 않은 십대들도 많다는 점이다. 호기심이 많으며 지적으로 적극적이고 사회적으로 깨친 새로운 세대를 나는 많이 만나봤다. 하지만 TV와 다른 미디어의 상업적 권력에 굴복한 아이들은 소비문화를 숭배하도록 길러져 사랑 없는 섹스를 찬양하고 총알로 자신들의 고민을 날려버리려고 한다. 북미에서 나오는 영화와 만화의 영웅들은 모두 물리적 힘으로 승리한다. 광고업자들은 탐욕, 욕정, 폭력을 통한 재미 등으로 말초 신경을 자극한다. 상황이 이럴진대 젊은 시청자들이 흥청망청 돈을 쓰고 약물과 알콜을 남용하고 자살한다고 해서 놀랄 일은 아니지 않은가? 지금 우리 사회의 제반 문제점의 원인에 대해 이보다 더 잘 설명할 수 있을까?

우습기 짝이 없게도 많은 자유기업주의자들은 무한한 자유를 권장한다. 보수주의 철학자의 대가라고 할 수 있는 에드먼드 버크(Edmund Burke)가 말한 바와는 정반대되는 의견이다. 18세기에 버크는 인간이란 "자신의 욕구에 도덕적 재갈을 물릴 수 있는 능력에 맞춰 자유를 제한해야만 한다"고 썼다. 하지만 기업주의자들은 십대들이 자기절제와 자기존중의 한계를 넘어서도록 몰아대는 데 광고를 이용하는데, 이는 그들을 소비 기계로 만들려는 속셈 때문이다.

최근 내게는 생각만 해도 끔찍한 의문 하나가 생겼다. 혹시 이러다가는 개발 세계의 모든 사람들이 이기적이고 냉담한 심성에 익숙해지는 것은 아닐까? 광고 방송을 통해 젊은

이들이 사업 감각을 키울 수 있을지는 모르겠지만, 장기적으로 볼 때 자기만족에 근거한 경제 체제는 결국 민주주의를 가장자리부터 먹어치울지도 모른다. 자신의 이기심을 채우기 위해 돈을 끌어모으는 일에 익숙해진 젊은이들은 공동체의 혼을 희생시켜서라도 개인적인 번영을 이뤄야만 한다고 주장하는 정치꾼들의 먹잇감이 되기 십상이다. 최대한 양보한다고 하더라도 즉흥적인 만족감에만 집착하게 되면 결국 우리가 지닌 가장 중요한 자원을 잃게 마련이다. 용기 있고 주체적이고 창조적인 새 세대를 말이다.

작은 것이 아름답다

지난 1998년은 영국의 경제학자 E.F. 슈마허가 쓴 명저 〈작은 것이 아름답다〉가 출판된 지 25주년이 되는 해였다. 이를 기념하기 위해 출판사는 슈마허의 이 책을 처음 읽고 깊이 감동했으며 지금도 그의 사상을 존경하는 사람들의 말을 넣은 새로운 판본을 펴냈다. 그런 영광스러운 자리에 나도 끼게 됐다. 그 책의 몇몇 부분은 1970년대 초반 영국의 상황만을 다뤘지만, 여전히 나는 이 책이 다룬 주제가 그 언제 읽어도 심오하고 적절하다고 믿는다.

슈마허는 이 책에서 인간의 모든 활동에는 최적의 크기가, 적절한 인간적 규모가 있다고 썼다. 세계화와 거대 합병의 세상에서 인간적 규모의 일들은 역사의 저편으로 사라질 위기에 처한 듯 보인다. 하지만 많은 영역에서 작은 것이 더 아름답다는 사실을 방증하는 일들이 많이 나타나고 있다. 전직 교사로서 나는 작은 학교와 작은 학급이 큰 학교와 학급보다 더 효율적이라는 것을 믿어 의심치 않는다. 비용은 더 들지 모른다. 하지만 좋은 교육을 비롯해 삶에서 가장 중요한 것들은 결코 공짜로 얻을 수 없는 법이다. 작은 공동체와 작은 사업장은 더 효율적인 동시에 더 인간적이다. 정치꾼이나 장사꾼들에게 꺾이지만 않는다면. 정부든 기업이든 더 작은 관료체제 역시 더 효율적이고 인간적이다.

우리를 지켜주는 자연유산 속에서 모든 것을 적절한 규모로 운영하게 되면 대단히 중요한 부수효과를 얻을 수 있다. 개발 도상국가들은 외부의 원조로는 결코 만들어낼 수 없는 자주적인 경제 체제에 도달할 수 있다. 슈마허도 지적했다시피 선진국들은 이들 국가의 경제에 지나치게 개입해 수많은 달러를 뿌리고 큰 것이 아름답다는 식의 기술력을 강요하는데, 이는 종국에 개발 도상국가들의 주체적인 삶의 방식을 파괴하고 국민들을 전에 없이 절망적이고 비참한 상황 속으로 밀어 넣는다. 전통적인 기술력과 지식을 없애버리고 그들의 자긍심을 깎아내리는 낯선 신기술이 자리잡는다.

물론 그들을 기술적으로 도울 수는 있다. 일테면 장작으로 음식을 만들게 되면 숲이 파괴되고 호흡기 질환이 일어난다. 인도에 사는 평균적인 주부는 매일 몇 갑의 담배를 피우는 것에 해당하는 연기를 흡입한다.

슈마허는 가장 좋은 외부의 원조는 고유의 기술과 자체의 자긍심 위에 자리잡는, 10달러에서 100달러 정도의 기술력 이라고 말한다. 태양열 조리기, 풍력이나 광기전력(光起電力) 발전기 등의 환경친화적인 간단한 장비들에 자금을 지원 하는 일은 거대 대부기관들이 낭비하는 돈과 해악만 끼치는 프로그램에 맞서 반드시 필요한 해독제가 될 것이다.

슈마허의 명저가 출간된 지 사반세기가 흐른 지금, 그의 이상들은 세계화된 사고의 저변을 흐르는 지하수로 스며든 게 분명하다. 거대 자동차업체마저도 소량의 화석 연료로 지 탱되는, 좀더 오래 버틸 수 있는 이동수단에 대한 연구에 착 수했다. 슈마허의 말에 따르면 그런 식의 발전은 "새로운 생 산 수단과 새로운 소비 형태를 지닌 진화된 새 삶의 방식, 즉 지속가능성에 바탕한 삶의 방식"을 제시할 것이다.

부정한 동맹

미국 대통령을 그만두기 직전에 행한 마지막 연설에서 드와이트 D. 아이젠하워는 경제인과 군인 사이에 동맹이 이뤄지고 있다고 경고한 바 있다. 소위 군산복합체 얘기다. 20세기의 위대한 전쟁 영웅이자 급속한 경제 성장을 이룬 미국을 이끈 지도자인 그가 이런 말을 했다고 해서 당시에는 꽤 놀라는 분위기였는데, 이제는 혜안이라는 게 분명해지고 있다. 제2차 세계 대전이 끝날 때까지 세계 각 나라는 군수산업을 통해 수백만 달러의 이익을 창출해냈다. 경제인들에게는 달콤한 동맹이었고 세계 각국의 전쟁 희생자들에게는 죽음의 유산이었다. 많은 사람들은 그 돈이 정치적 이해관계를 지키고 외국에 투자하는 등 좋은 곳에 사용되었다고 주장할 것이다. 다른 많은 사람들은 그런 일들은 막대한 비극을 낳았을 뿐이며, 설사 제 아무리 좋은 일에 사용되었다고 해도 불필요했던 파괴와 고통의 대가를 넘어서지는 못했다고 반박했다. 그들은 1945년 평화가 정착되기 전까지 전쟁을 통해 죽은 사람이 최소한 5,000만 명에 달한다는 사실을 상기시켰다.

만성적인 전쟁은 치명적인 경제적 부작용과 뒤섞인다는 점에서 문제다. 기업과 군대의 이익이 서로 동맹을 맺으면 소중한 재원들의 숨통이 끊어진다. 예컨대 공동체, 농업, 개발도상국을 지원하는 프로그램으로 가는 자금이 사라진다. 이런 건설적인 투자는 소규모 지역 분쟁을 막을 수 있는데 말이다.

무기 수출이 전 세계 무역의 11퍼센트를 차지한다고 해도, 군산복합체는 일개 부정한 동맹일 뿐이다. 정부와 기업 사이의 연결 지점이 증가할수록 자연과 인간 복지에의 위협은 더 커질 것이다. 많은 신보수주의자들의 이의제기와는 정반대로 이들 상층부의 연계는 민간기업과는 아무런 관계가 없다. 프랭클린 D. 루스벨트의 말을 빌자면, "그들은 다른 사람들의 돈과 다른 사람들의 생명으로 조직화된 민간정부다." 모르긴 해도 민주정권들은 이 속을 알 수 없는 제국들에 갈채를 보내는 모양이다. 고용분석가인 브루스 오하라는 이를 두고 과잉생산과 불완전고용의 깊은 무덤을 우리가 스스로 파는 것이라고 지적했다. 그런데도 우리를 무덤에서 끌어내기 위해서라며 정부와 기업의 전문가들은 어떤 충고를 하고 있는가? 더 깊이 파라. 더 많이 생산하라. 고용을 더 줄여라.

각국의 정부와 독립국들보다도 더 힘이 센 이 눈에 보이지 않는 형태의 '정부'는 급속히 성장하고 있다. 이제는 선거로 이뤄진 정권의 힘이 줄어들고 있으며 이들 정권은 자신들이 이끌고 갈 공적인 아젠다를 기업체에 넘겨주고 있는 실정이다. 공공과 환경의 이익을 지켜야 할 임무를 지닌 각 관청은 이제 공공 복지나 자연환경보호에는 조금도 신경 쓰지 않는 기업체와 손을 잡고 있다.

대학교를 포함한 연구기관들은 '좋은 투자'라는 명목 하에 우리 교육 체계에 더 많은 영향력을 행사하려는 대기업과 손을 잡고 일한다. 그렇다면 이들 기업이 기대하는 대가는 무엇일까? 기업들은 결산하는 시점에서 이익을 얻고자 하기 때문에 우리 교육기관들로 하여금 자신들의 목적에 부합되는 정책을 받아들이도록 압력을 가한다. 피리를 준 사람이 노래를 선곡할 수 있는 셈이다.

정부나 기업을 위해 일하는 과학자들은 포위당한 상태다. 만약 그들의 연구 성과가 이익 지향적인 의제에 부합되지 않으면 그들의 입은 재갈로 틀어막히게 된다. 내부고발자들은 심하게 처벌받는다. 그 결과, 공공 이익과 과학적 진실은 고통받게 된다. 우리에게는 정보 공개와 기업 투명성을 보장하고 내부고발자를 보호하는 법안을 만드는 일이 필요하다. 많은 기업들이 합병되고 세계화를 추구하게 되면서 권력은 점점 더 소수의 정책결정자들의 손에 집중될 것이다. 하지만 간간이 들리는 거리의 세계화 반대 시위의 떠들썩함에도 불구하고 이런 분위기에 대한 반대의견은 드물기만 하다. 북미인들은 민주주의의 등뼈를 뽑아내는 이런 정치적 수면 상태 속으로 빠져들고 있다.

〈잠자는 문명〉에서 존 랠스턴 솔은 이런 집단적인 무관심을 언급한 뒤 신보수주의 운동은 보수주의와 정말 아무런 관계가 없다고 주장했다. 오히려 이들 이념의 주창자들은 선거로 선출된 관리들로부터 권력을 빼앗아 기업의 손에 넘겨주기를 원한다는 것이다. 솔은 말하기를, 다국적기업들은 "자본주의나 리스크 문제 때문에 생겨난 것이 전혀 아니다. 다국적기업은 17세기 왕정 지배의 부활을 뜻한다"고 했다. 솔은 이어 새로운 형태의 조합주의는 "민주사회의 시민으로서 각 개인이 얻은 정통성을 부정하고 손상시키기 때문에 이 이데올로기 특유의 편파적인 시각은 자기 이익의 추구라는 우상과 공익의 부정이라는 결과로 이어진다"고 말한다. 그리하여 종국에 "각 개인들에게 실제적으로 일어나는 효과는 중요한 영역에서는 무저항적이고 체제순응적으로 바뀌고 그렇지 않은 영역에서는 반체제적으로 바뀌게 된다."

전지구차원에서 장사가 이뤄지는 세계에서는 '성실', '헌신', '명예', '깊은 애정', '희생' 따위의 단어들이 더 이상 높은 평가를 받지 못한다. 지금이 빅토리안조도 아니고, 라고 말하는 사람도 있을 것이다. 제2차 세계 대전 기간에는 유행가에서나 대화에서 높이 숭상받았던 이런 미덕들은, 그러나 헌신적인 사회운동가들과 책임감 있는 실업인들의 활동에서 여전히 찾아볼 수 있으며 이제는 유명해진 존 F. 케네디의 대통령직 수락연설에서도 명백하게 나타난다. "당신이 사는 이 땅이 당신에게 무엇을 해줄 수 있는가 묻지 말고 당신이 사는 이 땅을 위해 당신이 무엇을 할 수 있는가 물어봐야 합니다." 하지만 이런 연설을 들은 것도 벌써 40여 년 전의 일이라 지금은 공인이란 사람들도 더 좋은 것을 위해 희생하자는 생각보다는 이기주의에 호소하는 경우가 더 많아졌다.

1950년대 이래, 나는 자기 이익을 챙기는 풍토가 학술적 대상의 수준까지 증가하는 것을 지켜봤다. 우리 인구에서 광범위한 비율을 차지하는 사람들이 자기중심적으로 길러졌는데, 그 대표적인 현상이 바로 1980년대에 등장한 '나 세대(Me Generation)'이다. 세계 경영을 운운하는 기업인들과 정치인들은 이 나르시시즘의 물결을 막는 일은 전혀 행하지 않고 있다. 그러기는커녕 그들은 새로운 구호로 사람들을 현혹시킨다. '탐욕', '손익분기점', '초과이윤', '몸피 줄이기(다운사이징)', '무한경쟁' 등. 이것들은 기업과 정부의 끔찍한 동맹이 만들어낸 신조어들이다.

이제는 우리가 사용하는 어휘를 바꿔야 할 때가 됐다고 나는 생각한다.

자연 자본주의

토론토에서 보낸 소년시절에 내가 가장 좋아한 음료는 물이었다. 염소(鹽素) 냄새에도 불구하고 나는 물을 많이 마셨다. 물론 수도꼭지에 입을 대고. 그 시절에는 병 속에 든 물을 사먹는다는 생각은 상상할 수도 없었다. 어쨌든 우리는 세계에서 신선한 물이 가장 많은 곳인 온타리오 호수 바로 옆에서 살았으니까.

내가 그간 들이켰던 게 얼마나 복잡한 칵테일이었는가를 깨닫게 된 것은 토론토를 떠나고 몇 년 지나지 않아서였다. 1970년대 온타리오 호숫가에 거주하던 사람들은 지난 몇십 년 동안 뉴욕 주 나이아가라 폴즈(역주 : Niagara Falls는 나이아가라 폭포 이외에 그 양안에 있는 도시 이름이기도 하다.)에 있는 화학공장들에서 나온 수백 톤의 유독폐기물이 러브 운하 근처에 매립됐다는 사실을 알게 됐다. 후에 이 운하는 메워졌고 그 위에 주택들과 학교 하나를 건설했다.

그 때부터 비극이 시작됐다. 옛 러브 운하 지역 위에서 거주하던 사람들이 신장 질환, 신경 질환 등의 질병으로 고통받기 시작했으며 유산, 사산, 기형출산 등 출산 위험률이 평균치보다 월등하게 높아졌다. 수치를 조사해보니 그 대부분의 지역이 다이옥신, 클로로포름, PCB 등 위험한 화학물질에 오염됐다는 게 밝혀졌다. 마침내 미국 정부는 집들을 매입한 뒤, 주민들을 소개하고 학교를 폐쇄했다. 그 지역 주변으로는 울타리가 설치됐다. 외부인에게 위험지역임을 알리는 경고문이 붙었다.

하지만 울타리만으로 그 모든 화학물질을 붙잡아둘 수는 없었다. 나이아가라 지역의 퇴적암은 수많은 금과 틈과 균열로 장식돼 있기 때문에 러브 운하에 고인 살인 국물은 몇십 년에 걸쳐 새 나갈 수밖에 없었다. 나이아가라 강으로, 그리고 온타리오 호수로.

공장 시스템의 농장에서 나오는 축산 폐기물과 마찬가지로 이런 유독물질은 인체에 치명적인 위협을 가한다. 오대호 지역에서 확인해본 결과 공장에서 나온 유독 화학물질은 모두 350가지에 달했는데, 암을 유발하는 다이옥신과 푸란을 비롯해 이들 대부분은 오랫동안 그 주변에 남아 있게 된다. 기형 출산, 면역 억제, 암 등은 모두 우리 식수 속에 든 치명적인 화학물질과 관련이 있다.

어떤 사람들은 경제를 살리기 위해서는 질환을 일으키고 죽음을 부르는 산업 부산물이 우리 환경에 나타나게 되는 일은 피할 수 없다고 주장하기도 한다. 하지만 환경오염은 누구도 승자가 없는 게임이다. 우리 대기와 물과 음식에 포함된 오염물질 덕분에 우리는 생산성 저하, 치료비 증가, 조산으로 인한 죽음 등으로 그 몇백 배의 대가를 치를 수밖에 없다.

환경파괴의 대가를 금전으로 환산해서는 안 된다고 주장하는 사람들은 지구의 자연 자원과 생물학적 보존 체계의 총합인 '자연 자본'의 가치를 모르는 사람들이다. 그런 낡은 방식의 경제학을 가장 악명 높게 실천하는 사람들은 한 나라의 연간 국내총생산, 즉 GDP를 측정하는 정부 내 통계학자들이다. 그들의 가치 체계에 따르면 한 나라의 경제 '생산'에 포함될 수 있는 것은 사람들 사이에서 교환되면서 돈을 만들어내는 것들뿐이다. 최근까지도 캐나다의 가장 큰 경제 로비 단체인 '국내 문제에 관한 경제인 회의' 는 GDP가 우리 삶의 기준을 측정하는 잣대라고 주장하고 있다.

하지만 GDP는 지하 경제를 완전히 빼먹고 주부와 자원봉사자들의 지불되지 않는 노동을 무시한다는 점에서 우리의 가장 중요한 '생산 활동'을 셈에 넣지는 못한다. 동시에 GDP는 생태계에 파괴를 유발하는 상품을 긍정적으로 평가

한다. 100만 달러를 가지고 나무를 심는 데, 혹은 지역 석탄 발전소에 매연 정화기를 설치하는 데 쓰든, 아니면 숲을 벌목하거나 풍요로운 경작지를 포장도로로 만드는 데 쓰든, GDP가 올라가는 것은 차이가 없다. 이 경제 관념에서는 기름을 잔뜩 먹으면서도 환경오염이 심한 자동차를 생산하는 것과 저공해, 에너지 효율이 높은 자동차, 버스, 기차를 만드는 일이 똑같이 여겨진다. GDP의 불합리한 잣대에 따르면 유명한 엑손 발데즈(Exxon Valdez) 사건처럼 그 모든 기름 유출이나 발암 물질 생산 등 감옥에 들어가야만 하는 범죄가 긍정적인 평가를 얻게 된다.

이런 미친 사고 방식에는 인간 존재와 인간이 하는 노동에 대한 평가 절하라는 엄청난 부작용이 따르게 마련이다. 산업 혁명이 시작된 이래, 우리는 너무나 운이 좋아 자본주의의 혜택을 받아 최고로 편안하고 좋은 생산품들이 많은 서구 사회에 살게 됐다지만, 그러면서 의미 있는 노동은 점점 줄어들게 됐다. 심지어는 거의, 혹은 아예 노동하지 않는 경우가 점점 더 늘고 있다. 고삐 풀린 자본주의의 가장 큰 문제점은 이 지구만으로는 그 체계를 유지할 수 없다는 점이다. 물고기가 한 마리도 없어진다면, 제 아무리 재주 좋은 선박이라고 해도 잡아들일 고기가 있을 리 만무하다. 나무를 모두 잘라버렸다면 제 아무리 크고 멋진 벌목용 기계라고 하더라도 벌목도로 옆에서 녹슬어갈 것이다.

노동 효율이라는 집착에서 벗어나 폴 호큰, 에이머리 러빈스, L. 헌터 러빈스가 최근 펴낸 책 〈자연 자본주의〉에서 말한 자원 생산성을 중시할 때, 사업 상 가장 근본적인 가치 체계의 변화가 일어날 것이다. 고용 인원을 줄여서 돈을 절약하는 대신에 사업가들은 자원(즉 원자재와 에너지)을 더 효율적으로 이용해 비용을 줄일 수 있다. 호큰은 세계에서 가장 큰 회사들 중에도 이미 이런 식으로 변화하는 곳이 있다고 말한다.

우리가 범사회적으로 사고방식을 빨리 바꿔갈수록 자연 자본주의는 낡은 방식의 자본주의를 더 빨리 대체할 것이다. 가치체계의 변화는 간단하면서도 심오하다. 자연의 좋은 점을 높이 평가해 보존해야 할 가치가 있는 소중한 자본으로 다루기. 단기 이익, 빠른 환금성, 땜질식 처방보다는 아름다움, 영속성, 사람됨을 더 값지게 보기. 현재와 마찬가지로 미래 역시 더 값지게 보기.

급류를 넘어서

대학에서 나는 지리학을 전공했지만, 한 번도 그림 그리는 일을 멈추지 않았다. 교사 일을 시작한 뒤부터는 선생 일은 취미로 하는 것이고 본업은 화가라고 말하곤 했다. 그러면서도 나는 미술과 지리학에 공통점이 많다는 사실을 알고 있었다. 미술과 지리학은 공간 안에서 드러나는 형(形)과 태(態)를 다루는 것이니까. 내가 자연주의자로서, 지리학과 미술 교사로서, 여전히 수련 중인 화가로서 살아가는 매 순간, 여러 가지 형태를 살펴볼 수 있게 된 것만은 참으로 다행이었다.

그림을 그릴 때, 나는 형상과 빛을 구분해내고 내가 모사하고자 하는 실체를 가장 훌륭하게 재현해내는 형태를 찾고

자 한다. 나는 어떤 형상은 받아들이고 어떤 형상은 거부한다. 나는 바라볼 각도를 결정하고 짧은, 혹은 긴 시선으로 사물에 초점을 맞춘다.

몇 년에 걸쳐 나는 북미 지역 내 가치관의 형태 안에서 일어나는 변화를 지켜봤다. 대공황 시기의 검약과 인내는 전쟁 시기의 영웅주의와 열정으로 바뀌었고 전쟁이 끝난 뒤 경기 부양기에는 속박에서 풀려난 낙관주의와 진보에 대한 믿음이 찾아왔다. 돌이켜보면 이런 믿음은 세련되고 온정적인 사회를 건설하겠다는 생각보다는 물질주의와 사리추구 등과 더 많은 관련이 있었다. 1960년대 초반에 이르러 공업화된 개발과 도시화를 향한 우리의 태평한 접근 방식에 제동이 걸렸다는 게 분명해졌다. DDT에 오염된 송골매들은 껍질의 두께가 너무나 얇은 알을 낳는 바람에 새끼들이 부화할 수 없게 됐으며 내연기관에 대한 우리의 애정으로 상황은 더 나빠졌다. 도시화의 물결은 북미 지역의 훌륭한 농장과 자연 초지(草地)를 집어삼켰다.

그 때부터 우리는 어두운 그림자와 거부, 그리고 자연 세계의 보호를 심오하게 고려하는 많은 밝은 모습 사이를 번갈아 경험하게 됐다. 1970년대 초 캐나다와 미국에서는 DDT

의 사용을 제한하는 법률이 통과됐고 송골매들은 도시 마천루의 깎아지른 듯한 겉면에 둥지를 트는 데 성공했다. 1995년 브리티시 컬럼비아 주 정부는 밴쿠버 아일랜드의 서부 해안에 있는 클레요쿼트 사운드 숲에서의 채벌을 영구적으로 금지시켰다. 뉴저지에서는 크리스틴 토드 휘트먼 주지사가 100만 농가를 살리고 자연을 영원히 보존하는 법안을 통과시켰다. 캔버스를 앞에 둔 화가들처럼, 우리들도 자신이 살아갈 새로운 형태와 패턴을 선택해야만 하는 기로에 서게 됐다.

지리학 수업 시간에 나는 지리학의 근간을 이루는 두 가지 중요한 철학인 결정론과 가능론에 대해 배웠다. 결정론자들은 운명과 환경이 우리의 삶의 행로를 이끌기 때문에 인간은 그 나아가는 방향을 바꿀 능력이 없다고 믿는다. 가능론자는 우리를 둘러싼 환경이 어떻든 간에 우리는 자기 삶의 방향을 뜻대로 이끌 수 있다고 믿는다. 세상에는 그 어떤 경우라도 선택할 수 있다. 선택은 무한하다.

나는 가능론자다.

인류는 자기 운명의 주인이라고 나는 믿는다. 나는 인간의 영혼과 재간을 잘 이용하면 그 어떤 형태의 환경 속에서도 다양하고도 섬세한 가능성들을 만들어 낼 수 있다고 믿는다. 나는 우리 개개인에게도 선택은 남아 있다고 믿는다. 하나의 사회라는 건 무한한 개인적 차원의 선택을 하는 수많은 개인들로 이뤄진 것이므로 어떤 사회냐를 선택할 수 있는 권리도 우리에게 있다.

지구상의 다른 나라와 마찬가지로 북미 지역은 질풍노도의 시기를 지나가고 있다. 우리는 마치 급류를 맞닥뜨린 카누 위에 올라앉은 것이나 마찬가지다. 두 눈으로 볼 수 있는 곳은 모두 거친 물결이다. 잘 빠져나갈 것이냐, 아니냐를 선택할 수 있을 뿐, 카누에서 도망칠 방법은 없다. 이럴 때, 한쪽으로 노를 저어가 소용돌이 속에 잠시 카누를 멈춰 세우고 지금 우리 가치관의 기저에 놓인 여러 생각들을 따져볼 수 있을 것이다. 큰 것이 좋다는 생각, 누구도 진보를 멈출 수 없다는 생각, 아무리 서둘러도 늦다는 생각, 세계화는 좋다는 생각. 우리는 이런 생각들을 다른 믿음으로 바꿔야만 한다. 작은 것이 아름답다. 뿌리와 전통은 보존해야만 한다. 차이는 생명의 풍미(風味)다. 우리는 의미 있는 일만을 해야 한다. 생물학적 다양성은 인류의 생존에 없어서는 안 되는 전

제조건이다.

　지구상의 모든 생명체들의 밝은 미래를 위해 우리가 카누를 몰고 나가야 하는 곳은 바로 이런 철학적 물길이다. 만약 우리가 적절하게 나아갈 방향을 바꿀 수 있다면, 우리는 급류를 넘어설 수 있을 것이다.

제3부

희망의 신호

우리는 그간 인간에게 좋은 것은
이 세상에도 좋은 것이라는 생각으로 살아왔다.
잘못 산 것이다. 이제는 다르게 살아야만 한다.
그러기 위해서는 이 세상에 좋은 것이 인간에게 좋은 것이라는
상반된 생각을 지녀야만 한다.

웬델 베리

진짜 문제는 경제학적, 기술적 문제들이 아니라
철학적인 문제들이다.
멍에를 벗은 물질주의 철학은 이제 그 후과들로 시달리게 됐다.

E. F. 슈마허

매일매일 선(善)을 논하라.

소크라테스

알프스에서 든 생각

알프스산맥에 가면 산처럼 생각하는 사람들이 사는 장소가 있다. 지명을 말할 수 있지만, 그러고 싶지는 않다. 그 지역에서는 유별난 마을이 아니기 때문이다. 그 마을에서 세상을 대하는 방식은 이 세상 모든 사람들이 배울 만하다. 왜냐하면 그 방식은 경제학적, 혹은 기술적 방식이 아니라 철학적 방식이기 때문이다. 읍내와 마을과 들판은 '존중'이라는 단 하나의 단어로 집약되는 태도를 공유한다. 땅에 대한, 자연에 대한, 조부모에 대한, 자손에 대한, 과거에 대한, 미래에 대한 존중. 우리 가족은 그 세계에서 2세기 전에 지어진 농가에서 1년 정도 산 적이 있었는데, 거기서 지내는 동안 참 많이 배웠다.

나는 농가와 숲을 휘감으며 이어진 오솔길을 따라 정처 없이 산악자전거를 타고 다니곤 했는데, 그 모두가 사유지임에도 불구하고 "출입금지"라거나 "침입금지" 같은 표지판을 한 번도 본 적이 없었다. 자연 훼손 행위는 물론, 쓰레기 하나 진짜 보지 못했다. 가는 곳 어디에서나 '존중'이라는 단어가 마음속에 떠올랐다.

그 해에 찍은 그림엽서 같은 사진이 한 장 있다. 배경으로는 구름을 뚫고 눈 덮인 봉우리를 자랑하는 연봉(連峰)이 줄지어 서 있다. 가파른 등성이로는 진청색 숲이 빼곡하다. 평지는 경작지와 목초지와 꽃밭으로 메워져 있다. 200채 정도의 밀집된 집들로 이뤄진 마을에서는 바로크 양식의 첨탑 하나가 인상적이다.

마을에는 최근에 지은 집들도 있지만, 처음부터 그 지역 특색을 살려 지었기 때문에 옛날 집들 사이에서 알아보기가 쉽지 않다. 정부의 보조금을 받으며 가족끼리 농사를 짓는 각 농가는 아주 운영이 잘 되고 있다. 유럽 사회는 농가를 지원해야만 한다고 생각했다. 그 점은 농업도 산업화해야만 한다고 믿는 북미 사회와 다른 점이다.

진청색 산등성이의 나무들은 머지 않아 벌목될 테지만, 이 일은 예전에도 그랬듯이 사려 깊은 계획에 따라 진행될 것이다. 지금 내가 말하는 사진을 보면, 매우 가파른 산등성이에 가로 100피트, 세로 700피트 정도로 숲을 벌목한 흔적이 남아 있다. 그 지역의 벌목업체는 헬리콥터를 이용해 맨 아래쪽에 있는 원재(圓材)에서 맨 위쪽 원재까지 케이블을 연결하는 식으로 현대 기술을 이용한다. 숲의 바닥에 있는 이끼와 묘목을 해치지 않기 위해 모든 원목은 공중으로 운반된다. 부모 나무에서 떨어진 씨앗은 그 지역 고유의 유전자 풀을 그대로 보존하고 있다. 모든 일이 자연적으로 이뤄지기 때문에 나무를 다시 심을 필요도 없다. 원목은 마을 제재소에서 재목으로 바뀐 뒤, 지역 가구 공장에서 알프스 스타일의 가구로 제작되기 때문에 지역의 목재 관련 직업이 사라지지 않는다. 계곡 위쪽으로는 중급의 수력발전소가 보이고 산 위쪽으로는 적절한 규모의 스키 활강장도 있다.

하지만 이 풍경에서 특히 흥미로운 부분은 사냥인데, 사진에서는 보이지 않는다. 계곡은 야생 동물로 북적대는데, 이는 그 마을의 소득에 큰 도움이 된다. 지역민들은 법적으로 잡아도 무방한 엽조와 토끼를 사냥할 수 있지만, (우리의 엘크와 비슷한) 고라니와 (산 염소와 비슷한) 샤무아는 돈을

낸 사냥꾼들을 위해 남겨둔다. 수렵장에 대한 독점권은 7년마다 입찰에 부쳐진다. 지난번에 성공적으로 수렵장을 운영한 사람은 독일의 어느 공작이었으며 지금은 다국적 기업인데, 이 기업은 큰 사냥감을 잡을 수 있는 독점권을 얻기 위해한 해 수십만 달러를 지불한다.

이 지역에서 머무는 동안, 우리 가족은 계절마다 구경을다니면서 사진을 찍었다. 우리를 안내한 사람은 수렵장 관리인인 프리츠였는데, 야생 동물들을 보살피고 사냥꾼들을 안내하고 관광객들이 법을 잘 지키는지 살펴보는 게 이 사람의주된 업무다.

프리츠는 이것저것 할 일이 많은 관리인이다. 지금이 사냥철인 가을이라고 상상해보자. 프리츠는 회사 중역진으로 이뤄진 일단의 사람들을 이끈다. 어떤 부사장에게는 계약을 성사시킨 데 대한 보상으로 고라니 수놈을 사냥할 수 있는 기회가 주어진다. 아름다운 날이건만, 사냥의 성과는 초라하다. 네 시가 됐고 사장은 비행기를 타러 가야만 한다. 갑자기멋진 수사슴 하나가 숲 속의 빈터를 찾아 그들 앞으로 걸어나온다. 부사장은 쏘려고 총을 치켜든다. 프리츠는 한 눈에그 동물을 알아보고 소리친다. "나인(안 돼요)! 그건 사냥할

수 없는 동물입니다!" 프리츠는 그 동물을 알아본 것이다. 프리츠는 그 동물의 어미를, 혈통을, 그 위의 조상들까지 알고 있다. 프리츠는 그 멋진 유전자가 번식을 시작하려면 앞으로 적어도 4년은 더 있어야 한다는 걸 알고 있다. 그 수사슴의 뿔이 더 크게 자라게 되면 사냥 잡지에 실릴 멋진 사진이 될 것이다. 그렇게 되면 마을은 더 많은 돈을 벌 수 있을 것이다.

설명을 할 겨를도 없이 그 다음 일들이 일어난다. 기업가는 목표물을 겨냥하지만, 프리츠는 벌써 준비 태세를 갖췄다. 프리츠는 남자의 총구를 쳐서 다른 방향으로 돌리고 자신의 총을 쏘아 그 사슴이 도망가게 한다. 숲 속의 영토 안에서 프리츠는 왕이다. 아버지도, 할아버지도 야생동물 관리인이었으며, 자신의 아들도 그 일을 맡게 되기를 프리츠는 바란다. 프리츠의 상관인 삼림대장은 그 지역에서 제일 존경받는 사람이다. 어떤 경우라도 숲은 지역사회와 그 미래를 위해 이용된다.

몇 년 전, 우리는 삼림대장의 아내를 만나 잘츠부르크에서 함께 식사를 한 적이 있었다. 식사하던 중, 만약 앞으로 50년 뒤에 어떤 사진가가 있어 그 그림엽서 같은 풍경을 그대로 찍겠다고 내가 섰던 그 자리에 가게 된다면 똑같은 사진을 얻을 수 있을까는 생각이 들었다. 삼림대장의 아내는 머리를 약간 갸우뚱거리더니 웃는 얼굴로 말했다. "그럼요. 그렇지 않을까요? 우리는 그 풍경을 너무나 좋아하기 때문에 그때 찍어도 똑같은 사진이 나올 거예요. 우리는 작은 계곡과 마을이 너무나 정겹다고 생각해요. 우리에게도 컴퓨터와 팩스가 생길 것이고 삶도 조금씩 바뀌겠지만, 가치 있는 것만은 끝까지 지킬 거예요."

이게 혁명적인 생각일까? 이 계곡에 사는 주민들은 과거에 매몰된 것인가, 아니면 미래를 향한 길을 가리키는 것일까?
내가 보기에는 그들의 삶의 방식에 희망이 있는 것 같다.

그래민 은행

오후가 시작되기 전까지는 화물차가 올 것을 기대할 수 없는데도 여인들은 벌써부터 모여들었다. 아침 나절의 햇볕을 피하기 위해 여인들은 풀로 엮은 지붕 아래 먼지 하나 없이 깨끗하게 치운 흙바닥 위에 앉아 있었다. 보이는 물건들은 모두 수공예품이다. 곡식을 까불 때 쓰는 원반 모양의 큰 키, 보드라운 진황색 벽들마다 반짝거리는 검은색과 갈색 항아리들, 작은 그릇들을 올려놓기 위해 여기저기 선반처럼 만들어놓은 것들. 암탉은 꼬꼬댁거리며 여인들의 발치에서 하소연했다. 갈색과 검은색 털이 뒤섞인 왜소한 염소는 정말 내키지 않는다는 듯이 그늘에서 빠져나가며 나중에 온 사람들이 앉을 자리를 내줬다. 곧 지붕 아래는 형형색색의 사리를 걸친 여인들로 북적댄다.

그 집의 여자에게 중요한 일이 있는 날이었다. 그 여자는 막 사업적으로 어떤 계약을 맺을 참이었다. 집 쪽으로 다가오는 화물차가 바로 그래민 은행 순회 지점이었다.

이 은행은 치타공 대학교 경제학과 무하마드 유투스 교수의 빛나는 아이디어로 탄생했다. 이 은행은 방글라데시 여인들에게 소액 자금을 대여하기 위해 설립됐다. 좋은 사업 계획이 있으면 여인들은 아무런 담보물 없이 이 자금을 대출받을 수 있었다. 필요한 게 있다면 마을의 다른 여인들, 즉 "자매들"의 지지를 얻어야만 한다는 점. 여인들은 거위나 베틀 등 수입을 창출해낼 수 있는 것에 이 소액 자금을 투자해 가정 경제를 한 걸음 더 발전시킬 수 있다. (가장 중요한 점은 번 돈을 남편들이 헛되이 써버리지 않도록 현금을 잘 간수하는 일이다.)

그래민 은행의 업무가 푼돈이나 나눠주는 일처럼 보일 수도 있을 것이다. 하지만 그렇게 대출받는 사람들이 수만 명에 달하게 되면 그래민 은행, 그리고 그와 비슷한 업무를 하는 곳들은 정말로 도움을 필요로 하는 풀뿌리 경제의 차원에서 어마어마한 변화를 불러일으키는 셈이다. 훨씬 더 마음에

와닿는 차이를 만드는 곳이 바로 오리건에 있는 쇼어뱅크 퍼시픽 은행이다. 이 은행의 주 업무는 지역사회 개발과 환경 복원이다. 이 은행은 우수한 환경 정책을 실천하거나 공정한 사회를 만들기 위해 정책적으로 노력하는 작은 사업체에 수백만 달러의 자금을 빌려준다.

그래민 은행은 자금회수율이 체이스 맨하탄 은행보다 훨씬 높다. 개발국가에서 추진하는 거대 프로젝트에 수십억 달러의 자금을 쏟아 붓는 국제 금융 기관과 비교하면 그 차이는 한층 더 늘어난다. 이들의 대여금은 너무나 많기 때문에 돈을 빌린 사람들은 자신들이 갚을 수 없는 대여금으로 허리가 휘어질 판이다. 중국 양쯔강에 있는 삼협(三峽)댐 같은 거대 공사를 위해 빌려준 돈의 극히 일부의 자금만 있어도, 이 자금을 푼푼이 나눠 단 한 푼도 낭비하지 않는 방글라데시의 이런 여인들에게 제공했다면 훨씬 더 유용하게 쓰였을 것이다.

그래민 뱅크의 밴이 도착했음을 알리는 흙 먼지 앞에서 아이들은 소리를 지르고 뛰어다녔다. 타오르는 듯한 땡볕도 이제 막 이뤄질 계약에 대한 기쁨 앞에서는 힘을 잃었다. 은행 직원은 밴에서 나와 집 앞에 모여 있는 여인들 쪽으로 걸어갔다. 이 계약에는 모든 사람들이 관여하지만, 이전 한 해보다 더 밝은 미래를 얻게 될 사람은 대출을 받는 그 여인일 것이다.

나이지리아 합석문화

때는 1963년, 곳은 나이지리아 남동쪽 이볼란드. 나는 규모를 불문하고 가장 가까운 개척지인 포트 하코트로 가야만 했다. 소읍인 우무아히아 근교에 있는 공립학교에 새로 부임한 교사로서 나는 다소 걱정이 많았다. 나는 대학 입학시험을 준비하는 나이지리아 소년들에게 지리학을 가르치는 교사로 2년간 계약했는데, 우선 집을 구해야만 했다. 그래서 나는 캐나다에서 배편으로 부친 가재도구를 가져오기 위해 그 항구 마을로 출발했다.

같은 학교의 교사가 택시를 잡을 수 있게 나를 시내까지 태워줬다. 늘 그렇듯 온통 바퀴자국에 먼지가 날리는 공터인 택시 정류장은 분주했고 나는 들려오는 소리와 보이는 광경과 풍기는 냄새에 압도당했다. 내가 만난 어떤 캐나다인은 (이웃 도시에서 영어를 가르치는 사람이었다.) 1960년대 초 나이지리아 동부 지방을 엘리자베스 여왕 통치기의 영국에 빗대기도 했다. 정신없고 복잡하고 무질서한 데다가 힘이 넘친다는 것이다. 내 얼굴이 창백하다는 사실을 여실히 느끼며 그 요란하고 다채로운 물결을 헤쳐나가면서 나는 그 단어들이 정말 어울린다고 생각했다. 둘러보니 사방에 있는 모든 사람들이 내가 알아들을 수 없는 언어로 택시를 탈 것이냐, 어디로 가느냐고 묻거나 어르거나 꾀고 있었다. 하지만 내가 보기에 다 찌그러진 5인승 세단과 그 옆 차의 차이점은 거의 없는 것 같았다.

한 친구는 내게 말하기를, 모든 택시는 일고여덟 명의 승객이 모두 탈 때까지 기다렸다가 저마다 가야 할 곳이 다른 목적지를 향해 출발한다고 했다. 중요한 것은 포트 하코트 방향으로 가는 차 중에서 빈 자리가 얼마 남지 않은 택시를 타는 것이지, 라고 그 친구는 말했다. 만약에 빈 택시에 올라탔다가는 운전수가 빈 자리를 다 채울 때까지 좀 기다려야만 할 거야, 라고 그는 주의를 줬다. 때로는 더 수지가 맞는 곳으로 가는 승객들을 발견하면 이미 타고 있던 사람을 내쫓는

경우도 있었다. 게다가 그 콩나물 시루에 제일 마지막으로
승차한다는 것은 창가에 앉을 수 있는 특권을 얻는다는 뜻이
었다.

　나는 그 중 한 차로 결정한 뒤, 그 차에 올라탔다.

　우리는 75마일 떨어진 포트 하코트를 향해 덜컹거리며 배
기 가스 냄새 속으로 출발했다. 길을 따라가는 동안, 우리는
마주 오는 트럭과 수없이 외나무다리에서 안 비키기 시합을
펼쳤고 다채로운 옷을 입은 보행자들의 물결 속을 헤치고 나
가야만 했다. 길가의 풍경은 산뜻하고 여유로웠으며 마을들
은 아름다웠고 순결했다.

　슬프게도 내가 60년대에 알던 나이지리아 사회의 종말을
알린 것은 그 택시를 비롯한 전 세계 수백만 대의 자동차를
움직이게 한 화석 연료였다. 그 다음 10여 년 동안, 나이지리
아의 석유 붐으로 몇몇은 부를 획득했겠지만 나라 전체는 황
폐화됐다. 삶을 바라보던 아름다운 시선은 사라졌다.

　석유 붐이 시작되기 전에는 생필품이 부족했기 때문에 나
이지리아 사업가들은 효율적인 재활용 체계를 갖추고 있었
다. 병과 비닐봉지는 재사용하거나 시장에 가서 얼마간 돈을
받고 팔았다. 종이쪼가리 하나도 버리지 않고 불을 지필 때

사용했다. 이렇게 살아가는 방식이 쉬운 것은 아니지만 버려지는 건 하나도 없기 때문에 효율적이다. 그래서 북미인들의 시각에서 보자면 나이지리아에서 사는 일이 달콤할 수는 없겠지만, 그 생활은 충만하고 만족스러웠다.

나이지리아의 합석 문화는 북미에서는 환영받지 못할 것이다. 하지만 개인적으로만 이동하는 현재의 우리 이동 문화는 문제가 많다. 도시 중심가의 자동차도로는, 특히 러시아워에는 막히기 일쑤이며 혼자만 타고 다니는 자동차는 북미 지역에 온실효과를 야기하는 배기가스의 4분의 1에 해당하는 매연을 뿜어낸다. 어떤 사람들은 깨끗하고 매력적인 공공 이동문화에 투자하는 게 경제적으로 낭비라고 주장하기도 하는데, 이는 자동차 소유자들이 내는 세금만으로는 건물을 짓고 도로를 유지하고 주차공간을 만들지 못한다는 사실을 망각한 태도다. 1년에 1인당 450갤런의 석유를 소진하는 자동차는 우리가 만든 발명품 중 가장 낭비가 심한 것으로 매년 잠재적으로 재활용이 가능한 폐철(廢鐵)을 포함해 70억 파운드의 폐기물을 양산한다.

내연엔진이 가져오는 효율성과 깨끗함이 분명히 존재하지만 이후에도 자동차는 절대적으로 낭비가 심한 기계로 남을

것 같다. 폴 호큰 등이 쓴 〈자연 자본주의〉에 따르면, 모터를
사용하는 자동차는 엔진 가열이나 배기 가스 등으로 소비 연
료의 80퍼센트를 그냥 날려버리고 만다고 한다. 매년 미국의
자동차들은 그 무게만큼의 가솔린을 소진한다.

　그래도 희망의 신호는 보인다. 초경량, 초저항 자동차인
하이퍼카를 위한 모델 중 하나로 개발된 하이브리드 차량이
그 중 하나의 예다. 로키마운틴연구소의 하이퍼카 센터가 개
발한 이 모델에 따라 생산된 자동차는 같은 형태의 일반적인
자동차에 비해 연료 사용이 3분의 1에 그칠 것이라고 한다.

재미있는 일은 하이브리드 엔진이 처음 등장한 것은 1900년 대라는 점이다. 이 기관은 가솔린 엔진으로 전기를 만들어낸 뒤 그 전기 모터로 바퀴를 굴리는데, 내연기관 엔진보다 훨씬 더 효율적이다.

첫 출시된 하이브리드 엔진 자동차는 이미 시장에 나와 있다. (이를테면 토요타가 개발한 프리우스는 1998년 1만 6,000달러의 가격으로 일본에서 등장했다.) 이런 자동차들은 교통 혁명의 일환으로 자리잡을 것이다.

나는 1965년 나이지리아를 떠나 그 뒤로 가본 적이 없지만, 연락은 계속 주고받았기 때문에 그 나라의 쇠락을 지켜보면서 안타까움을 느꼈다. 북미인들이 과중한 화석 연료 사용에 따른 부작용을 감지하기 시작할 즈음에 생겨난 석유 붐은 발랄하나 검소했던 한 사회에 타락과 서구 스타일의 폐기물을 가져왔다.

아마도 이제는 우리 모두가 함께 새로운 길을 찾아나설 때인가 보다.

도시의 생태학

우리가 서둘러 자갈길을 밟아 내려가는 동안, 아침에 내린 눈 위에 우리의 발자국이 찍혔다. 12월 25일 오전 8시 15분이었고 태양은 이제 막 대주교 관저의 지붕 위로 떠오르고 있었다. 말과 마부를 제외하면 제일 먼저 광장에 도착한 것은 우리였다. 버깃과 나와 아이들 몇몇은 대성당의 좋은 자리에 앉아 크리스마스 미사를 보려고 달려가고 있었다. 영혼을 울리는 듯한 성당 종소리에 우리 심장이 더 빨리 뛰었던 것일까? 그게 아니라면 겨우 며칠을 지냈을 뿐인데도 불구하고 마치 오래 전부터 살았던 사람처럼 익숙하고 편안했던, 이 오래됐으나 세련된 곳에서 가족과 함께 지낸다는 즐거움 때문이었을까?

내가 해보려고 했던 갖가지 괴상한 일들 중에 가장 유쾌했던 것은 아마도 1999년 잘츠부르크에서 가족 모두와 크리스마스를 보낸 일일 것이다. 가족 '모두'라 함은 나의 가까운 친척 모두, 그리고 장모와 우리 네 아이들을 포함한 버깃의 친척 모두를 뜻한다. 잘츠부르크는 축제를 보내기에 가장 완벽한 곳이 분명했다. 그 도시는 너무 크지도, 작지도 않았다. 다채로움과 문화적 깊이로 보자면 충분히 큰 도시였으며 인간적 규모라는 측면에서 보자면 딱 어울릴 정도로 작은 도시였다. 거리를 걸어가다 보면 골목에서 행복한 모습의 가족들을 만나는 일이 많았는데, 그게 하나도 이상하지 않았다. 이 오래된 도시에서 느낄 수 있는 가장 좋은 일은 자동차를 이용하지 않고 우리 발로 걸어 다닐 수 있다는 점이었다.

그날 아침에 우리가 간 곳에서 보자면 잘츠부르크는 궁전과 대성당으로 가득한 마을처럼 보인다. 중앙 광장에서 조금 벗어난 샛길에는 숨은 카페와 가게들이 즐비했다. 거리는 기계의 소음이 아니라 사람들이 나누는 대화와 거리 악사의 음악 소리로 가득했다. 배기가스의 역겨움 대신에 입맛을 돋우는 음식 냄새가 음식을 파는 노점에서 풍겨났다.

서유럽에는 잘츠부르크처럼 인간적 규모로 꾸며진 결과

너무나 살기 좋은 도시가 많다. 자원과 공간이 제한된 탓에 많은 유럽국가들은 오래 전부터 현명한 길을 택해왔다. 예컨대 네덜란드는 자원이 극히 부족한 나라로 그 땅은 쉽게 침수되거나 아예 바닷물에 잠겨 있으며 매우 찌무룩한 날씨만 계속된다. 하지만 네덜란드인들은 둑과 운하와 간척지(바다에서 간신히 얻어낸 농토)를 만들어 위대한 예술혼과 상업적 발전으로 대표되는 풍요로운 사회를 이뤄냈다.

네덜란드 도시들은 생태학적 균형이 무엇인지 보여주는 좋은 사례다. 이 나라는 자연 지구를 보호, 보존하며 심지어는 간척지를 새로운 자연 지구로 개발하기까지 한다. 네덜란드 사람들은 자동차와 냉장고에 대한 부가세를 내는데, 이 세금은 그 기계들이 수명을 다했을 때 재활용하는 비용으로 사용된다. 복잡한 암스테르담에서도 자전거 이용자들은 자전거 전용도로로 달릴 수 있다. 이 나라의 인구 밀도는 상당하지만, 조류 관찰과 자전거 하이킹에 최적인 녹지 공간이 광활하게 펼쳐져 있다.

네덜란드와 잘츠부르크 같은 곳에 가면 북미인들은 어떻게 살아야만 하는지에 대해 많은 것을 배울 수 있다. 도시와 자연이 균형 잡히고 사람들이 자유롭게 걷고 자전거를 타고 다닐 수 있는 밀집된 도시 계획 같은 것. 북미 지역의 도시들은 살거나 일하기에는 너무 더럽고 시끄럽고 고립된 공간인데, 이는 사람이 아니라 자동차와 도로에 맞게 건설되고 재개발됐기 때문이다. 이 도심가의 관료들과 입안자들은 유럽의 도시를 조금만 생각해도 큰 도움을 받을 것이다.

물론 예외도 있다. 이를테면 토론토의 중심가를 보면 된다. 토론토는 매력적인 인간 규모의 동네로 이뤄진 도시다. 그 동네들 대부분은 옛 동네의 특성을 그대로 간직하고 있다. 이게 바로 토론토가 가진 힘 중의 하나다. 데이비드 크롬비와 존 서웰 같은 깨인 정치인과 제인 제이콥스 같은 지식인 행동가들이 많은 노력을 기울였기 때문에 이 도시의 정신은 살아남게 됐다.

제이콥스는 이미 자리 잡은 동네를 고기 자르는 칼처럼 툭 잘라내는 4차선 도로인 스패디나 고속도로 건설 공사를 막기 위한 유명한 싸움의 현장에 때맞춰 도착하여 자신의 전문 지식을 빌려주었다. 나 역시 수천 명의 다른 토론토 시민들과 함께 그 싸움에 참가했다. 시민운동의 순수한 힘 덕분에 우리는 이겼다. 스패디나 고속도로는 건설되지 못했다.

토론토 도심에 있는 정책 결정권자들과 활동가들은 도시의 오랜 건축물들을 보존하는 데에도 기여를 많이 했다. 그 지역을 대표하는 이들 건축물들은 대개 19세기 빅토리아 양식으로 지어진 것들인데 철거 위기는 상존했다. 토론토의 유명한 새 시청사가 건설될 당시, '반성 없는 진보' 식의 개발은 우아하고 섬세한 옛 시청사 건물을 철거하고 사무 빌딩을 세우려고 했다. 때마침 그 때 영국의 조각가인 헨리 무어가 새 시청사 앞 광장에 자신의 멋진 조각품인 '궁수(弓手)'가 설치되는 것을 지켜보기 위해 토론토를 방문했다. 헨리 무어는 자신의 조각품 뒤에 배경 막처럼 서 있던 옛 시청사 건물이 철거될 조짐이 보인다는 말을 듣고는 격분했다. 그는 "뭐하는 사람들이오? 야만인처럼."이라고 대답했다. 무어는 자신의 멋진 모더니즘 작품인 '궁수'는 토론토의 빅토리아식 건축물과 함께 있을 때 놀랍고도 멋진 작품이 되며 동시에 그 도시의 상징으로 자리잡을 수 있다는 걸 알았던 것이다.

하지만 토론토와 같은 성공적인 도시들도 무분별한 도시 확장이라는 질병에는 속수무책이었다. 이 질병에는 여러 증상이 있다. 가장 심각한 증상은 환경 파괴, 그리고 도시 주변의 농토와 자연의 훼손이다. 도시가 확장되면서 도로를 이용하는 자동차는 점점 증가했고 운전자들이 운전하는 거리도 늘어났다. 도시 확장은 도심의 인구가 분산되기 때문에 단위 면적 당 납세자가 줄어들 수밖에 없고 따라서 고밀도 개발에 비해 비용이 더 많이 든다.

시 경계선까지 저밀도 개발을 일삼는 도시들은 근교의 수많은 농토를 없애버린다. 농토는 아무런 건물도 없는 데다가 평평한 땅이기 때문에 집을 짓기가 쉬워 개발론자들이 군침을 삼키기 딱 좋다. 1976년에서 1996년 사이에 도시 확장으로 사라진 농토는 토론토 권역에서만 15만 에이커에 달한다. 내가 사는 나라에서 가장 큰 대도시인 밴쿠버에서도 프레이저 강 삼각주 부근의 풍부한 농지가 급속도로 파괴되고 있다.

북미 지역 도시 중 일부는 (도시 확장을 권하는 고속도로가 아니라) 더 나은 공공 이동망에 투자하고 밀집 개발을 권장하고 불필요한 토지 사용을 억제하는 정책을 채택하는 등 당면한 문제 해결에 나서고 있다. 예컨대 오리건 주 포틀랜드에서는 집중된 개발과 성장 억제를 통해 도심가에서 20분만 나가면 들판을 볼 수 있게 했다. 해안을 따라 자동차 도로가 건설된 곳은 공원으로 만들었다. 시애틀은 매연을 뿜어내

는 자동차의 수를 줄이기 위해 도심 지역 안에서 주간 무료 공공 이동망과 근교를 연결하는 이동 체계를 구축했다. 가장 좋은 것은 도시 계획이 단 하나의 특별한 미래를 법안으로 만드는 게 아니라 다양한 창의적인 가능성들을 생각할 수 있게 한다는 점이다.

나는 여러모로 "시골 아이"지만 도시를 사랑한다. 토론토에서 자라던 시절, 로열 온타리오 박물관은 내 집이나 마찬가지였다. 나는 도시를 방문할 때마다 항상 그 도시 안의 박물관, 미술관, 극장 등에 매료된다. 하지만 도심에서 내가 가장 좋아하는 것은 생기 넘치는 동네에서 느끼는 편안함이다. 제인 제이콥스가 말한 바와 같이 풍요롭고 섬세하고 생기 넘치는 도시는 자연의 다양성과 복잡함을 닮는다. 바로 이런 곳에서 도시의 모든 활동과 움직임은 서로 충돌하기도 하고 영향을 끼치기도 한다. 사람들이 자유롭게 걸어 다닐 수 있는 살아 있는 도시는 "거리를 지켜보는 눈"을 더 많이 가지게 되고 그 결과 더 안전한 환경을 얻게 된다. 서로 연결된 생태계와 마찬가지로 서로 연결된 도시는 균질화된 도시보다 풍요로울 뿐만 아니라 안전하게 살아갈 수 있다.

세계의 대도시 지역은 이제 희망을 가질 수 없을 정도로 망쳐지고 있는 것처럼 보이지만, 그 도시를 보살펴야만 할 하나의 섬세한 생태계로 여길 수 있다면 다시 살아날 수도 있을 것이다.

성스러운 동맹

버깃과 나는 애엽표(艾葉豹)의 마지막 분포지 중의 한 곳으로 순례를 나섰다. 그날 우리는 국제 애엽표 연맹의 회원 몇몇과 함께 카트만두에 도착했다. 저녁에 식사를 하기 위해 밖을 나갔더니 해발 4,300피트에서나 볼 수 있는 생생한 별빛이 쏟아졌다. 하지만 낮이, 혹은 밤이 그처럼 밝다고 하더라도 이번 방문으로 우리가 그 위대하고도 영적인 고양이과 야생 동물을 볼 수는 없으리라. 저명한 야생동물 전공자인 조지 샐러와 로드니 잭슨은 몇 년에 걸쳐 애엽표를 연구한 동물학자인데도 실제로는 한 마리도 보지 못했다고 하지 않는가. 하지만 우리는 다음 날 망원경으로 그 표범의 서식지를 살펴볼 기대감에 젖어 있었다.

그날 저녁, 우리를 위해 환영만찬을 개최한 사람은 네팔의 사업가로 국제 애엽표 연맹의 후원자였다. 손님 중에는 인도의 티벳이라고도 불리는 라다크 지역을 관할하는 인도 육군 장성도 있었다. 밀렵(가죽과 고기를 터무니없이 비싼 가격에 팔 수 있다.) 때문에, 먹이가 될 만한 동물들이 죽었기 때문에, 서식지가 가축들의 먹이 때문에 너무 많이 훼손됐기 때문에 그 지역에서는 그 멋진 고양이과 동물이 거의 멸종됐다고 했다. (다른 지역에서 애엽표가 멸종하는 원인도 대개 이런 이유들 때문이었다.) 우리는 그런 모임에서 군 장성을 만났다는 게 처음에는 좀 놀라웠다. 하지만 그와 말을 해보고 난 뒤에야 왜 초대받았는지 이해할 수 있었다. 그 장성은 자연을 즐기는 환경보호주의자였다.

라다크에는 애엽표의 생존을 위협하는 요인이 너무나 많았기 때문에 장군은 부하들에게 항상 그 표범을 염두에 두고 관할 지역을 경계하라고 지시했다. 그렇게 하기 위해서 자연을 보호하는 부하들을 포상했다. 군인들은 밀렵꾼들을 감시하고 목축지를 확장하기 위해 자연 환경을 잠식하는 거주민들에게 경고를 주는 "풍경의 감시꾼"처럼 행동했다.

모든 장교들이 자연주의자로 훈련받았다면 어떤 일이 벌

어졌을까? 특히 아시아, 라틴 아메리카, 아프리카 등지에서 이런 일이 벌어졌다면 어떻게 됐을까?

그와는 완전히 다른 곳(이스라엘)에서 그 몇 년 뒤 맞이한 또 다른 별이 빛나는 밤에 우리는 거북이 걸음으로 자동차를 운전해 사막을 지나가고 있었다. 우리는 야간에 행동하는 동물들, 그 중에서도 세계에서 가장 작고 귀여운 야생 고양이인 사막고양이를 찾고 있었다. 우리는 그 고양이과 동물은 하나도 보지 못하고 대신에 중요한 장면을 목격했다. 우리는 이리를 봤다.

우리가 본 이리는 깡마른 데다가 유령 같은 모습으로 고개를 숙인 채 걸어가고 있었다. 자동차 헤드라이트 불빛에 두 눈이 번쩍이는가 싶더니 이리는 협곡으로 사라졌다. 우리는 그저 순식간에 사라져버린 이리만 봤을 뿐이었지만, 그 장면을 잊을 수가 없었다. 그 때 내 나이는 57세로 그간 이리를 흔히 볼 수 있는 고장에서 많이 살았다. 알곤퀸 공원에 있는 이리들을 향해 이리 소리를 낸 뒤에 이리들이 답하는 소리를 듣기도 했지만, 야생에서 이리를 본 적은 한 번도 없었다.

이스라엘에서 포획되지 않은 이리를 처음 보게 됐다는 건 아이러니컬하고도 교훈적이었다. 이스라엘 사람들이 자연을 보호하고 복원하는 데 그 누구보다도 최선을 다한다는 사실을 아는 사람들은 거의 없다. 이스라엘 정부는 정책적으로 성경에 나오는 모든 동물(사자를 제외한)들이 미개발지에서 자유롭게 살아가야만 한다고 규정해 놓았다. 그래서 표범, 이리, 사막 가젤, 누비안 야생염소 등 많은 종들이 새롭게 터를 잡고 살아가고 있었다.

라다크의 인도군과 마찬가지로 이스라엘에서는 군대와 자연 사이에 성스러운 동맹이 체결됐다. 이스라엘의 육군 장교들은 자연주의자로 훈련을 받은 뒤, 이스라엘의 영토 23퍼센트에 해당하는 자연 보존구역을 지키는 임무도 맡게 된다. 이스라엘에서 이런 임무를 계획한 사람은 6일 전쟁의 영웅인 아브라함 요페 장군이었다.

다른 나라에도 이런 연합은 존재한다. 부유하고 권력을 지닌 사람들과 자연보호주의자들과 환경론자들 사이의 광범위한 동맹이다. 요르단의 후세인 국왕과 누르 왕비는 자연 보호를 위한 왕립협회를 세우고 모국에 자연보호구역을 설정했다. 세계에서 가장 부유하고 힘 있는 사업가 중의 하나인

테드 터너는 1998년 풀뿌리 환경운동단체에 2,500만 달러를 기부했다. 그는 또한 사유지 소유자들로 하여금 사막 야생양, 캘리포니아 콘도르, 검은꼬리 초원 들개 등 멸종 위기에 처한 동물들을 보호하도록 하는, 멸종 위기에 처한 동물을 위한 기금도 조성했다. 캐나다의 사업가인 로버트 쉐드는 환경운동을 위해 수백만 달러를 기부했으며 북쪽 삼림지대에서 어미를 잃은 새끼들이 굶어죽거나 먹잇감이 되는 것을 막기 위해 온타리오의 봄철 곰 사냥을 반대하는 기금을 조성했다.

깨친 사람들의 명예로운 사례들 중에서 특히 내 마음을 감

동시킨 사례가 있다.

1990년 6월의 어느 눈부신 오후, 우리는 피터 스콧 경의, 새들과 습지 보호 연맹의 지지자들과 함께 리셉션과 회의에 참가하기 위해 품위 있는 영국 주택을 방문한 적이 있었다. 집과 주변은 매우 우아했는데, 빠진 게 있다면 집 주인이었다. 듣기로는 주인은 조랑말을 타고 폴로를 하다가 떨어져 팔을 부러뜨리는 바람에 입원중이라고 했지만, 우리는 그날 오후 할 일을 다 하고 신나게 놀았다. 그 주인이란 바로 찰스 왕자였다.

몇십 년 전부터 나는 왕자를 존경했다. 우리는 둘 다 자연과 그림을 사랑했으며 자연만큼이나 문화 유산을 지키고 싶은 욕망이 강했기 때문에 나는 왕자를 정신적 친구로 생각했다. 찰스 왕자는 도시든 시골이든 풍경을 감상하는 일은 인간의 영혼에 심대한 영향을 끼치며 마음을 건강하게 하고 개인적 품성과 경제적 행동을 좌우한다고 믿었다.

회합이 끝난 뒤, 우리는 집 뒤에 있는 뜰과 잘 가꾼 정원을 둘러봤다. 찰스 왕자는 거기에 현대적 농법 덕분에 사라져버린 옛날 영국식 생태계를 재현해놓았다. 거기에다가 영국 재래의 풀과 꽃을 되살려놓았고 희귀종 나비와 새들의 안락한 서식지를 마련해놓았다.

찰스 왕자는 공업화된 농법에 분별 있는 대안이 필요하다는 목소리를 대변하는 사람이다. 왕자는 자신이 유기적으로 가꾼 정원에 큰 자부심을 느낀다. 〈타임〉지가 선정한 "지구의 영웅들" 중 하나인 왕자는 문제를 일으키지 않고 실제로 그 이익을 되갚는, 더 점잖고 신중한 농법이 있다는 것을 몸소 보여줬다.

인도의 장성, 이스라엘의 전쟁 영웅, 왕위를 승계할 왕자 등은 수많은 희망의 근거 중 그 셋에 해당한다. 그렇다고 자연계를 보호하기 위해 왕자나 백만장자가 되어야만 할 필요는 없다. 세계에서 가장 영향력 있는 환경운동가 중에는 자신의 신념만으로 그 일을 시작한 사람들도 많다. 하지만 그들은 모두 자신이 처음에 생각했던 것보다 더 멀리까지 가게 된다.

토터스 아일릿에서

우리는 잡목으로 만들어 삐걱대는 식탁에 앉아 간단한 식사를 마쳤다. 저무는 태양은 눈에 들어오는 바다를 오렌지빛으로 만들었으며 삐죽삐죽한 작은 섬들의 실루엣이 검게 흐려졌다. 그 저녁에 찾아온 사람들 중에는 1950년대 후반에 나와 함께 랜드로버를 타고 세계 일주를 했던 친구인 브리스톨 포스터가 있었다.

여행을 하는 동안, 브리스톨과 나는 언젠가 들은 바 있는 어느 젊은 영국 여성을 찾아가자고 생각하고 있었다. 그 여성은 (지금은 탄자니아인) 탕가니카에서 침팬지를 막 공부할 참이었다. 하지만 거기까지 가는 데 적어도 2주가 걸리는데다 우리가 갔을 때 없을 수도 있었기 때문에 우리는 그 계획을 포기했다. 그 여성이 바로 제인 구달로, 지금 그녀는 토터스 아일릿에 있는 우리 오두막에 앉아 웨스트코스트의 일몰을 함께하며 지구의 미래에 관한 자신의 얘기를 들려주고 있었다.

방 두 칸짜리 작은 오두막은, 그러니까 거북이처럼 생긴 작은 섬으로 우리 집에 보트를 타고 15분 정도에 갈 수 있는, 1에이커 정도의 "쌍봉" 위에 자리잡고 있었다. 우리는 그 오두막의 사면에 스페인 식 문을 달았는데, 이는 곧 집안에 앉아 있어도 어두워지는 바다를 볼 수 있다는 뜻이었다.

제인은 막 로스앤젤레스에서 돌아온 길이었는데, 거기서 그녀는 자신이 제안한 "뿌리와 새싹" 프로그램을 함께 할 도심의 갱단 지도자들과 만났다. 제인은 이 계획을 통해 아프리카의 아이들과 미국의 게토 지역에 자연과 동물을 사랑하는 방법을 전수해줄 작정이었다.

로스앤젤레스에서 제인은 경찰서장들을 상대로 강연 요청을 받기도 했다. 그런데 아침 서장 회의가 시작되기 전에 제일 먼저 연설했으면 했다. 그날 저녁, 제인은 그렇게 이른 시간에 서장들의 귀를 솔깃하게 할 만한 얘기가 과연 뭘까 하는 걱정에 거의 잠을 이루지 못했다. 다음 날 아침, 그 깜마른 여인이 가봤더니 서장들은 자기 앞의 서류를 들춰보느라 쳐다보지도 않았다. 제인은 침팬지 암놈이 힘센 수놈 침팬지의 주의를 끌 때 사용하는 기술을 써보기로 결심했다. 제인은 마이크 앞으로 가서 입술을 오므리고 높은 톤으로 "워, 워, 워, 워!"라고 소리쳤다. 그러고 나니 누구 하나 주의를 집중하지 않을 수 없었다.

바다 옆에서 보낸 그날 밤, 제인은 우리에게 여행하면서 들고 다니는 두 가지 부적을 보여줬다. 하나는 히로시마에 있는 어느 나무의 잎사귀로 그 나무는 1945년 원자폭탄이 투하된 뒤 가장 먼저 되살아난 나무라고 한다. 제인은 또 베를

린 장벽에서 나온 돌조각을 통해 그 벽의 붕괴가 곧 학정의 붕괴임을 상기시켰다. 세계 각지에서 나타나는 수많은 종말의 징후에도 불구하고 제인은 희망에만 초점을 맞추려는 셈이다.

제인 구달은 현대의 성자라고 생각하는 사람들도 있다. 제인은 작업을 계속하기 위해 매달 수만 달러의 자금을 모금하며 자신의 신념을 위해 광범위하게 여행을 해야만 한다. 제인의 자기 희생과 봉사 정신은 다른 지도자들을 움직이는 힘의 원천인 이기심과 탐욕에 꼭 필요한 해독제가 될 것이다. 우리는 제인 구달에게서 희망의 근거를 얻는다.

좋은 사람들

나는 일찍 깨는 사람이 아니지만, 그날 아침에는 아직 날도 새지 않았고 추운 시각인 새벽 5시에 깨어나 감옥에 가지 못했다는 사실에 죄책감을 느끼며 밴쿠버 아일랜드 서부의 클레요쿼트 숲에 있는 자갈길에 서 있었다. 나는 수백 명의 사람들과 함께 케네디 레이크 브리지 앞에 서 있었다. 그 다리를 건너가면 35만 헥타르에 달하는 오래되고 멋진 숲이 나왔는데, 이 숲은 1주일에 닷새씩, 급속도로 잘려나가고 있었다. 1993년 여름의 어느 날, 우리는 나무를 싣고 다리를 건너오는 트럭을 저지하기 위해 거기 모였다. 계획된 대로 몇몇이 대의를 위해 체포되는 것을 감수했다. 그 문제에 대한 국제적인 관심 덕분에 그 날 아침 우리 주위에는 수많은 신문,

라디오, TV, 심지어는 독일 방송국에서 온 사람들까지 서 있었다.

전날 밤, 클레요쿼트 평화 캠프에서 우리는 벌목일꾼들과 그 가족들이 시위 현장에 나타나면 어떻게 할 것인가를 두고 토론했다. 언론사를 겨냥해 벌목일꾼들의 아내들이 품에 아기를 안고 나타나는 바람에 무책임한 벌목에 대한 반대 운동이 반격을 당하는 일이 늘어났기 때문이었다. 자연을 보호하자면 그들 남편의 직업을 희생양으로 삼아야 하니 걱정하는 것은 충분히 이해가 가는 일이었으나 또 한편으로 그들은 숲을 먹고 사는 거대 괴물의 발톱 노릇을 하고 있는 셈이었다.

평화 캠프에서는 스무 명의 사람들이 평화유지인으로 자원해 행동이나 말로 나타나는 어떤 종류의 폭력에 대해서도 사전에 막겠다고 결심했다. 사람들 사이에서는 서로에 대한 존중과 말없는 각오의 느낌이 흘렀다. 나는 이런 단어를 별로 사용하지 않지만, 시위 전 날 밤 캠프의 분위기를 설명하자면 '영적이었다'라고 말하는 게 가장 적합할 것 같았다. 평화유지인들이 결정된 뒤, 그 다음에는 체포되는 데 자원할 사람들이 손을 들었다. 그 서늘한 아침, 다리 앞에 선 우리들에게는 내적인 평화가 계속됐다. 참으로 다양한 사람들이 참

여했다. 직장인, 예술가, 의사, 음악인, 작가, 전업주부, 과학자, 숲지기 등 다양한 직업을 가진 남녀 노소가 모여들었다. 백발의 할머니 한 분은 3,000마일을 여행해 거기 참여했다. 전체적인 분위기는 관망하는 듯 차분했으며 낮은 웃음과 소근대는 목소리만이 간간이 들려올 뿐이었다.

벌목회사와 브리티시 컬럼비아 주 정부는 클레요쿼트 저지대에서 벌목 계획을 그대로 진행하기로 결정했다. 1992년 리우에서 열린 〈생물다양성협약〉에 가장 먼저 서명한 국가가 캐나다였음에도 불구하고, 1993년 봄에 발표된 브리티시 컬럼비아의 클레요쿼트 사운드 토지개발계획에 따라 벌목회사들은 그 지역의 많은 나무를 잘라낼 수 있는 권리를 얻게 됐다. 보호받는 구역은 숲의 3분의 1 정도에 그쳤다.

케네디 레이크 브리지의 시위대는 깜짝 놀랄 만한 숫자의 지지자들을 얻었다. 브리티시 컬럼비아에 거주하지 않는 사람들도 운동에 동참했는데, 그 중에는 워싱턴에 근거지를 둔 자연자원보호회의 로버트 케네디 주니어도 있었다. 캐나다의 환경운동가들은 팀을 구성해 캐나다의 오래된 다우림 지대를 보호하는 일에 널리 알리기 위해 독일과 영국으로 떠나기도 했다. 우리의 뜻은 불을 지핀 듯 타올랐고 유럽에서는 캐나다의 목재품을 수입하는 계약을 취소하라는 여론이 일어났다.

여기까지가 클레요쿼트에서 벌어지는 벌목 작업을 중지시키기 위한 일련의 운동 과정에서 벌어진 일들이다. 그리고 이제 운동은 제의의 성질을 띠기 시작했다. 정부와 벌목 시행사는 작업이 중단된 것을 더 이상 참지 못하고 법원 명령을 얻어내 클레요쿼트 사운드 벌목을 방해하는 것을 금지시켰다. 이 명령에 저항하는 것은 법원을 모욕하는 범죄 행위에 해당해 2년 이하의 징역에 처해질 수 있었다.

다가오는 트럭들의 엔진 소리를 우리가 들은 것은 아직도 사위가 캄캄할 때였다. 매일 아침 그 트럭들이 올 때와 마찬가지로 시위대는 헤드라이트 불빛을 받으며 길을 막고 섰다. 법원 집달관은 앞으로 걸어와 법원 명령서를 읽었다. 우리는 말없이 듣고 있다가 길 옆 스프레이로 뿌린 노란선 뒤로 움직였다. 체포되기를 자원한 사람들만이 앞으로 걸어나가 다리 앞에 섰다.

그리고 체포 의식이 시작됐다. 길을 막고 선 사람들은 차례로 대기 중인 버스로 걸어가라는 말이 나왔다. 자발적으로 걸어가지 않으면 강제적으로 옮겨진다고 했다. 승리

(Victory)를 뜻하는 V자를 내보이는 사람도 있었다. 마지막 사람까지 체포돼 버스로 옮겨지자, 트럭은 출발했고 그들에게는 "범죄자"의 딱지가 붙었다.

클레요쿼트 저항운동이 끝날 때까지 800명이 넘는 사람들에게 범죄자 낙인이 찍혔으며 그 중에는 ('클레요쿼트의 할머니들'로 알려진) 할머니도 몇 명 있었는데, 이들은 족쇄와 수갑을 찬 채 법정에 섰다. 피고인들은 30명에서 50명씩 한 묶음으로 재판에 회부됐는데, 변호사들의 말에 따르면 북미에서는 유래를 찾아볼 수 없는 집단 재판으로 법을 우롱하는 것이나 다름없었다. 피고인 대부분들은 유죄 판결을 받았는데, 그 중에는 80대인 앤 윌킨슨과 남편 머브 윌킨슨 부부도 있었다. 머브 윌킨슨은 50여 년 간 밴쿠버 아일랜드에 있는 55헥타르 넓이의 오래된 숲에서 지속적으로 나무를 잘라온 사람이었다. 그래서 그가 미쳤다고 말한 사람들도 있었다. 그러자 머브는 "나는 살아오는 내내 '미쳤었다'. 이제 그 벌을 받는 것이다"라고 대답했다.

재판 과정에서 머브는 소위 사법 체계가 보호하는 벌목 현장의 불공정함에 관한 설득력 있는 주장을 했다. 그의 주장

때문에 눈물을 흘린 사람들이 많았다. 그에게 내려진 형벌은 사회 봉사 명령이었다. 평생 머브가 한 일이 사회를 위해 봉사하는 것이었으니까 웃기는 일이었다.

머브의 희생, 저항에 나섰던 그 모든 사람들의 희생은 헛되지 않았다. 클레요쿼트 사운드의 삼림 상태는 훨씬 더 나아졌으며 "오래된 숲에서 생산된 게 아닌" 목재품이라는 새로운 개념이 세계적으로 받아들여지고 있다. 주요 전화기 회사들은 이제 전화번호부와 전신주에 들어가는 목재가 생태학적으로 올바른, 숲을 유지하는 벌목을 통해 나온 나무를 원료로 한다고 주장하는 데까지 이르렀다. 또한 클레요쿼트에서 일어난 일들은 캐나다, 미국, 유럽, 일본에서 벌어진 유사한 사례의 시발점이 됐다.

신문의 헤드라인과 텔레비전의 영상은 시위를 왜곡되게 보도하는데, 때로는 의도적이기까지 하다. 나는 어느 카메라맨이 요란스러운 시위대를 찍다가 화면에 "존경받는 시민"처럼 보이는 사람들이 나오자마자 카메라를 꺼버리는 걸 목격한 적이 있었다. TV에는 세계 각국에 있는 수천 개의 비정부조직을 포함해 광범위하게 걸쳐 있는, 그러나 대부분 자원해서 운동에 나선, 운동가들의 극히 일부만이 등장할 뿐이다. 어떤 활동가들은 해당 지역에서 영웅 대접을 받기도 하고 (미국 소비자 운동의 대부인 랠프 네이더나 생물공학 작물의 반대자인 반다나 시바처럼) 어떤 활동가들은 평생 그 일에만 종사하기도 한다. 순수한 순교자들도 있다. 브라질의 다우림 지대의 파괴를 막기 위해 애쓰다가 축산업자들에게 살해당한 치코 멘데즈나 유전 개발에 의한 환경파괴와 인권유린에 저항하는 활동을 하다가 처형당한 나이지리아의 작가인 켄 사로-위와 같은 사람들. 정부와 기업 사이의 부정한 동맹이 계속되는 한, 진정한 민주주의를 위해 우리가 지닐 수 있는 가장 큰 희망이란 이들 사람들과 비정부조직과 힘을 합치는 일이다.

클레요쿼트 사운드와 같은 경우가 또 생긴다면 거기에는 자연을 보호하는 일이라면 기꺼이 개인적으로 희생할 수 있는 자원자들, 좋은 사람들이 수백 명씩 모여들 것이다. 가슴과 마음으로, 행동과 말로, 그들은 미래에 대한 희망을 던져 준다.

산에서 바라보는 풍경

　나는 맥스웰 산의 정상에 서 있다. 산으로 치자면 맥스웰 산의 높이는 1,975피트라 높지도 낮지도 않지만, 깎아지른 듯한 절벽 때문에 지형적인 측면에서 매우 특색이 넘쳤다. 내가 디디고 선 역암은 공룡 시대의 여명기를 목격했을 것이다. 맥스웰 산은 7,500만 년 동안 괴상(塊狀) 해저 사력층(砂礫層)에 퇴적물을 남기며 서서히 침식되기 시작한 대륙성 고지의 일부분이다. 그 밑에는 더 오래 전에 형성된 지층이 있었다. 그러니까 이 지층은 3억 6,000만 년 전에 생겨난 산맥의 지반이 되는 것으로 최근의 연구 결과에 따르면 오스트레일리아에서 유래해 이제는 그 작은 봉우리의 지반이 된다고 한다.

이 산이 생겨나게 된 과정을 생각하면 불변, 인내, 순응, 숭고 등의 단어들을 떠올리게 된다. 닮고 싶은 그 특성들을. 우리가 만약 산의 입장에서 시간과 공간을 바라볼 수 있다면, 역사를 바라보는 우리의 시각은 더욱 깊어질 것이다. 우리는 더 멀리, 더 넓게 세계를 바라볼 수 있을 것이며 이 지구상에 살아가는 모든 사람들의 경험으로부터 교훈을 얻을 수 있을 것이다. 산들이 생겨나는 그 과정을 늘 염두에 둔다면 우리는 더 많은 존경심으로 자연계를 대할 수 있을 것이다.

맥스웰 산의 정상까지 올라가는 길에 나는 장엄하다고 할 수밖에 없는 더글라스 전나무 숲을 지나왔는데, 그 숲은 솔트 스프링 섬의 원시림 중 일부다. 1938년 개척민인 맥스웰 가족은 이 아름다운 오래된 자연을 모든 사람들과 함께 즐기고 누리기 위해 지켜놓았다. 하지만 섬의 중요한 식수원인 인근의 맥스웰 호수는 좀 불행한 운명을 맞이했다. 호수의 일부분은 어느 독일 공작이 소유한 바 있는 5,000에이커의 사유지로 뻗어 있었다. 그 공작이 죽자, 산기슭에서 호숫가까지의 나무를 벌목할 계획으로 개발업자들은 상속인에게서 그 땅을 사들였다.

개발업자들은 그 동네 사람들에게 호숫가 쪽은 되팔겠다고 제안했는데, 최종적으로 제시된 가격은 50만 달러에 달했다. 섬 주민들은 그 돈을 지불할 수 있을 것인가? 개발업자들은 자신들이 소유한 그 숲을 벌목하든 팔아치우든 법적으로는 아무런 문제가 없었다. 개발업자들이 호수와 그 주변을 보호하지 않았다고, 또 벌목이 새로운 세대에 끼칠 영향을 전혀 생각하지 않았다고 해서 비난받을까? 아니면 사회 전체가 죄인이 되어야만 할까?

호수와 산에 대해 이런 생각을 하면서 나는 남쪽을 내려다보며 서 있다. 농지(군데군데 양들이 박힌), 몇 채의 창고와 농가, 옛날식 작은 하얀 교회 등이 조각 조각 맞춰진 솔트 스프링 섬이 내 아래에 펼쳐져 있다. 짙은 색 숲으로 뒤덮인 언덕들이 그 풍경의 틀을 이룬다. 계곡이 끝나는 지점인 그 틀 너머로는 내가 사는 긴 만(灣)이 펼쳐져 있고 은빛으로 반짝이는 그 푸른 물결은 태평양으로 곧장 이어진다. 만을 따라 왼쪽으로 작은 갈색 쐐기처럼 우리 집이 서 있다.

흰머리독수리 한 마리가 내 아래쪽으로 돌진하는가 싶더니 다시 바람을 잡아타고 산 위로 솟구쳐 하나의 점으로 바뀐다. 뛰어난 시력을 가진 독수리는 나나 우리 집이 잘디잘

게 보일 것이지만 그런 것 따위에는 아무런 관심도 없을 것이다. 독수리는 물을 가만히 쳐다보고 있다. 아래쪽 연어 때문에 갑자기 수면으로 솟구치는 청어의 반짝이는 비늘을 살피며.

최근에는 독수리들이 고기를 잡기 위해 만으로 내리 덮치는 경우가 점점 더 줄고 있다. 바다에는 청어는 물론 연어의 수도 급속히 줄고 있다. 나는 독수리가 여름 휴양지인 알래스카 바다로 가기 위해 북쪽으로 이동하는 귀신고래가 있는 공해로 눈을 돌리면 어떨까고 생각한다. 이런저런 생각은 오늘 아침에 라디오에서 들은 뉴스로 이어진다. 이번 달에만 모두 7마리의 귀신고래가 밴쿠버 아일랜드 앞바다에서 죽은 채로 발견됐다는 뉴스. 한 달만에 7마리가 죽다니! 약식 조사 결과 PCB 등 독성물질의 존재가 밝혀졌다. 환경오염과 고래 및 어류의 감퇴 사이의 연결 고리가 다시 드러난 것이다. 최근 인근 해변에서는 또 다른 고래가 죽은 채로 발견됐는데, 굶어죽었다는 게 거의 확실하다. 사체에 남은 화학 물질로 미뤄볼 때, 그 고래는 적절한 영양물을 섭취하지 못한 것 같다. 아마도 그 포유류 동물은 브리티시 컬럼비아 연안의 어류 남획으로 충분한 먹잇감을 구하지 못한 모양이었다.

고래만이 환경 훼손의 유일한 희생자는 아니다. 나는 새의 지저귐으로 가득한 5월의 정자에서 보낸 내 소년 시절을 회상해본다. 시간이 갈수록 그 기억은 소중해진다. 새들이 겨울동안 머무는 따뜻한 서식처와 캐나다의 보금자리가 농약과 벌목으로 훼손되면서 철새들의 숫자는 급격히 줄어들었기 때문이다. 자연은 그 자체로 회복력을 지니고 있지만, 이제는 견딜 수 있는 한계를 넘어서고 있는 셈이다.

독수리와 내 눈에 남쪽 멀리 워싱턴 주의 올림픽 산맥의 눈 덮인 연봉이 들어온다. 그 새는 자신이 미합중국의 상징이라는 것을 모르겠지만, 그 멋진 자태의 새는 지난 반 세기에 걸쳐서 이 세계에 엄청난 영향력을 행사한 한 나라를 대표한다. 때로는 나쁜 식으로, 또 때로는 좋은 식으로. 그러는 동안, 우리는 수십 년의 세월 동안 북아메리카 사회의 원동력이 됐던, 진보와 "큰 것이 좋다"는 관념을 이제는 버려야만 할 처지에 이르렀다. 우리는 눈을 멀리 두고 세계 각지의 문화 속에 든 좀더 건강한 사고방식과 행동방식을 찾아야만 한다. 생태학적으로 균형을 이룬 공동체를 건설한 네덜란드나 야생동물을 보호하는 이스라엘, 지속가능한 삶의 방식을 보여주는 몇몇 부족 문화 등과 같은. 이런 것들이 능히 취해야만 할 태도라면 능히 버려야만 할 삶의 태도도 있는 법이다. 무엇을 선택할 것인가는 우리의 몫이다.

새로운 시대를 앞두고 우리 모두는 사면을 모두 조망할 수 있는 산 봉우리에 서야만 한다. 역사상 다른 어떤 시기의 사람들보다도 우리는 자연에 관해 더 많은 것을 알고 있다. 우리는 하늘 너머와 바다 깊은 속까지 관찰할 수 있다. 우리는 숲과 나무를 동시에 바라볼 수 있다. 우리는 자연 파괴의 대가를 따져볼 수도 있고 그대로 살릴 때의 비용도 구할 수 있다. 우리는 농사, 어업, 제조업 등 인류의 모든 활동을 똑바로 바라보며 그 비용과 혜택을 산정할 수 있다. 우리는 시선을 먼 옛날로 돌려 우리 행동 방식과 신념 체계의 근원을 추적할 수 있으며, 더 나아가 인간종의 탄생에 주목할 수도 있다.

21세기를 살아가는 우리는 우리보다 앞선 그 어떤 인류보다도 더 많이 알아야만 하고, 더 많이 받아들여야만 하고 더 많이 노력해야만 한다. 우리에게는 지식과 테크놀러지가 있으니 옛날에 비해 엄청나게 많은 가능성과 선택이 눈앞에 펼쳐지게 된다. 그런데도 왜 우리는 선택을 주저하는 것일까? 예시된 선택지가 너무나 많아 차마 무엇도 선택할 수 없다는 얘기인가? 그럴 수도 있겠으나, 너무 오랫동안 기다리다보면 더 책임감 넘치는 이데올로기를 향한 우리의 발걸음 자체가 너무 늦은 일이 될 수도 있다.

독수리는 이제 더 높이, 더 높이 산 위로 솟구치고 있다. 푸른 하늘 그 위까지, 독수리가 날아갈 수 있는 영역 그 너머까지 날아오른다면 그 독수리는 어느 한 아름다운 세상을 굽어볼 수 있을 것이다. 무한한 다양성과 복잡성과 놀랄 만한 생기로 가득한 세상을. 독수리는 모든 우주비행사들이 말로 표현할 수 없을 정도로 고귀하다고 말한 그 행성을 보게 될 것이다. 과연 무엇이 그다지도 아름답다는 말일까? 아마도 우리의 자연, 그리고 그 자연과 복잡하게 얽혀 있는 인류의 문화 유산일 것이다.

우리가 하나의 산처럼 생각할 수 있다면, 우리는 이 세계를 소중하게 만드는 그 모든 것을 보존해 다음 세대에게 물려줄 수 있을 것이다. 우리가 해야 할 일은 더 많이 살펴보고 그 값을 치르는 일이다. 그 값어치 이상의 대가를 치러야만 할 것이라는 걸 말하고 싶다.

영혼을 위한 더 많은 양식

　다음의 도서목록은 〈산처럼 생각하기〉에서 내가 언급한 사상과 철학을 좀더 살펴보는 데 도움을 줄 것이다. 지구의 문제와 대안적인 미래를 깊이 있게 따져보려는 사람들이 쓴 책은 점점 많아지고 있는데, 여기에는 그 중 대표적인 것만 모았다.

　〈Odious Debts: Loose Lending, Corruption, and the Third World' s Environmental Legacy〉, 패트리셔 아담스, 어쓰스캔, 1991

　〈For Earth' s Sake: The Life and Times of David Brower〉, 데이비드 R. 브로워, 페레그린 스미쓰 북스, 1990

〈Let the Mountains Talk, Let the Rivers Run: A Call to Those Who Would Save the Earth〉데이비드 R. 브로 워와 스티브 채플 공저, 하퍼 콜린즈 웨스트, 1995

〈Acts of Balance: Profits, People and Place〉, 그랜트 코플런드, 뉴 소사이어티 퍼블리셔스, 1999

〈희망의 이유〉, 제인 구달, 궁리

〈Living within Limits: Ecology, Economics and Population〉, 개릿 하딘, 옥스퍼드대학출판부, 1993

〈The Last Hours of Ancient Sunlight: Waking Up to Personal and Global Transformation〉, 톰 하트만, 미씨컬 북스, 1998

〈Natural Capitalism: Creating the Next Industrial Revolution〉, 폴 호킨과 아모리 러빈즈과 헌터 러빈즈 공저, 리틀 브라운, 1999

〈Manufacturing Consent: The Political Economy of the Mass Media〉, 에드워드 S. 허먼과 노엄 촘스키 공저, 판테온북스, 1988

〈Becoming Native to This Place〉웨즈 잭슨, 켄터키대 학출판부, 1994

〈The Death and Life of Great American Cities〉, 제인
제이콥스, 랜덤하우스, 1961

〈모래군의 열두 달〉, 알도 레오폴드, 따님

〈At the Cutting Edge: The Crisis in Canada's
Forest〉, 엘리자베쓰 메이, 키 포터, 1998

〈Perverse Subsidies: Tax $s Undercutting Our
Economies and Environments Alike〉, 제니퍼 켄트와 노먼
마이어즈 공저, 국제 지속가능한 개발 학회, 1998

〈Downsize This〉, 마이클 무어, 크라운, 1997

〈Working Harder Isn't Working: How We Can Save
the Environment, the Eoconomy and Our Sanity by
Working Less and Enjoying Life More〉, 브루스 오하라,
뉴스타북스, 1993

〈테크노폴리〉, 닐 포스트먼, 민음사

〈Yangtze! Yangtze!〉, 다이 칭, 프로우브 인터내셔널,
1994

〈노동의 종말〉, 제레미 리프킨, 민음사

〈Song for the Blue Ocean: Encounters along the
World's Coasts and Beneath the Seas〉, 칼 사피나, 헨리

홀트, 1997

〈The Unconscious Civilization〉, 존 랠스턴 사울, 아난시, 1995

〈작은 것이 아름답다〉, E.F. 슈마허, 문예출판사

〈From Naked Ape to Super Species: A Personal Perspective on Humanity and the Global Ecocrisis〉, 데이비드 스즈키와 드레셀 홀리 공저, 스토다트, 1999

〈Science under Siege: The Politicians' War on Nature and Truth〉, 토드 윌킨슨, 존슨북스, 1998

▪ 번역된 책은 번역서명을, 미번역본은 원서명을 밝혔습니다.
▪ 원서에는 캐나다의 환경단체가 나와 있습니다만, 번역본에는 한국의 환경단체만 소개합니다.

지구의 여러 문제에 관해 얘기할 때 내가 자주 듣는 질문
이 "알겠다. 그럼 우리가 뭘 해야만 하는가?"다. 내 대답은
간단하다. 먼저 환경단체에 가입하라. 이 세상에는 그런 일
을 위해 조직된 단체가 실로 엄청나게 많으며 헌신적인 사람
들이 당신의 도움만을 기다리고 있다. 몇 군데 소개하자면
다음과 같다.

국제연합환경계획(UNEP) 한국위원회
www.unep.or.kr

가톨릭환경연대
www.cen.or.kr

국립공원을 지키는 시민의 모임
npcn.or.kr

국제환경운동연합
www.greenstory.org

．
그린넷
www.greenet.org

그린피플
greenpeople.or.kr

불교환경연대
www.budaeco.org

생명운동본부
www.lifengo.org

에너지시민연대
www.enet.or.kr

여성환경연대
www.ecofem.net

자연보호중앙협의회
www.knccn.org

청년환경센터
www.eco-center.org

한국내셔널트러스트
nationaltrust.or.kr

한국녹색회
www.greenclub.org

환경과 생명을 지키는 전국교사 모임
konect.ktu.or.kr

환경운동연합
www.kfem.or.kr

환경정의시민연대
www.ecojustice.or.kr

■ 저자 후기

내가 지난 몇 십 년에 걸쳐 〈산처럼 생각하기〉에 담긴 생각들을 발전시키는 데 있어서 내 곁에서 함께 여행에 나선 아내 버깃의 존재와 조언이 아주 큰 도움이 됐다. 수없는 강의와 다른 사람들과의 쉼 없는 대화에도 불구하고 그녀의 인내력과 뒷바라지는 지치는 법이 없었다. 환경보호에 대한 그녀의 신념은 늘 나와 아이들에게 빛이 돼 주었다. 다른 사람들도 많았지만, 특히 아내가 있어 나는 양파의 껍질을 벗겨나가듯 세계의 여러 문제들 속에 깃든 미래에 대한 희망을 향한 발걸음을 멈추지 않을 수 있었다.

이 책의 모양이 갖춰지고 내용이 풍성해진 데는 릭 아치볼드의 영향이 크다. 릭은 지난 15년 동안 나와 함께 여러 가지

책을 만들었다. 균형 감각과 심미안과 판단력을 갖춘 릭은 남의 얘기를 잘 들어주는 유능한 편집자에다 제주꾼이다.

최종 편집 단계에서 캐서린 딘과 함께 일한 것도 꽤 즐거웠다. 캐서린의 따뜻하고 헌신적이고 엄청난 에너지에 나는 깜짝 놀랐다. 여러 해 동안 나를 도와준 알렉산드라 피셔에게서는 이 한 권의 책을 쓰는 기나긴 과정의 매 단계에서 꾸준하고 설득력 있는 도움을 받을 수 있었다. 알렉산드라는 살아갈 때나 일할 때나 대충 하려고 드는 나를 지켜봤다. 농담도 잘하고 마음도 너그러우면서 재주도 머리도 좋은 알렉산드라 덕분에 조금의 흔들림도 없이 이 책을 완성지을 수 있었다. 나를 도와준 또 다른 사람인 케이트 카슨에게서는 자료를 찾는 데 아주 큰 도움을 받았으며 기술적인 문제에 봉착할 때마다 너무나 충분한 해결 방법을 배웠다.

또한 이 책을 준비하는 동안 연계를 맺게 된 펭귄 캐나다의 팀원들에게도 감사의 말을 전하고 싶다. 출판사의 신시어 굿 사장과 편집장인 재키 카이저는 처음부터 확신을 심어줬고 원고를 쓰는 내내 여러 가지 의견을 내놓아 큰 도움을 받을 수 있었다. 제작부장인 재니스 브렛은 책의 제작 과정이 관례를 벗어났음에도 끈기 있게 기다려줬다. 카운터펀치의

디자이너인 린다 구스타프슨은 이 책의 내용에 걸맞는 완벽한 디자인을 해줬다.

나와는 "세계일주" 친구인 브리스톨 포스터는 언제나 그랬듯이 내게는 계시를 내리는 사람이자 좋은 친구였으며 환경주의적 사고에 귀를 기울이는 사람이었다.

내 작업실에서 지난 반 세기 동안 나의 좋은 동반자 역할을 해 준 것은 바로 CBC라디오, 그 중에서도 '아이디어즈' 같은 시사프로그램들이었다.

끝으로 지난 40여 년 간 나를 강연자로 초대해준 학술단체, 자연보호단체, 기업 등에게도 감사의 말을 전한다. 귀를 기울여 듣고 신랄한 질문을 던지는 청중들이 있는 이런 강연회를 통해 나는 내 생각이 맞는지 틀리는지 따져보고 더 다듬을 수 있었다.

산처럼 생각하기

초판 1쇄 인쇄 | 2005년 3월 22일
초판 11쇄 발행 | 2022년 8월 1일

지은이 | 로버트 베이트먼
옮긴이 | 김연수
펴낸곳 | 자유로운상상
펴낸이 | 하광석

등 록 | 2002년 9월 11일(제 13-786호)
주 소 | 경기도 하남시 미사강변중앙로 204번길 11 1103호
전 화 | 02 392 1950 팩스 | 02 363 1950
이메일 | hks33@hanmail.net

ISBN 979-89-90805-26-3 (03840)